ursula fricker

fliehende wasser

Roman

Pendo Verlag Zürich

für E., A. und K.

Man fand ihn im Graben neben einer Landstraße. Zwischen zwei winzigen Dörfern ganz am Ende der Schweiz, dort, wo jeder Schritt an eine Grenze stößt. Unter einem Schaum zarten, frischen Schnees lag er begraben, wie friedlich schlafend im eisigen Bett, die Augen geschlossen. Es wurde gerade hell.
Zuerst hielt man ihn für einen schlafenden Betrunkenen, später für einen toten Betrunkenen.

Aber mein Vater ist nie betrunken gewesen.

Sein Fahrrad lag einige Meter weiter, halb in den Graben gerutscht, ein hellgrünes Dreigangfahrrad mit bis auf das Gewebe abgefahrenem Mantel, vorne und hinten.
Der alte Bauer Sieber hatte den Toten gefunden. Morgens um halb acht. Auf dem Weg zum Bahnhof streiften die Lichter seines Traktors das liegende Fahrrad, brachten die Katzenaugen kurz zum Leuchten, und der Bauer Sieber dachte bei sich, daß zu einem Fahrrad doch auch ein Fahrer gehöre. Er hielt an, stieg vom Traktor und ging zurück. Sah in den Graben.
Heiliger Bimbam.
Der Mann lag auf dem Rücken. Die Hände, das sei ihm aufgefallen, in den Taschen einer idiotisch dünnen Jacke vergraben, es sei doch schließlich Winter, oder? Keiner

von hier. Ein Fremder. So viel sei ihm gleich klar gewesen. Der alte Bauer Sieber stieg trotz stechender Gelenke in den Graben hinunter, wollte den Mann wachrütteln, schlug ihm hart ins Gesicht, besoffen, dachte er, vom Velo gefallen im Dusel, aufwachen muß der, aufwachen.
Der Morgen war schön, klar und kalt. Alle zweihundertunddrei Einwohner des Dorfes standen am Graben und blickten auf den Leichnam hinunter, der zwischen gebrochenen und geknickten Goldregenstauden lag. Wer Velo fährt, friert nicht, normalerweise, sagte Sieber, solang er fährt, das ist sicher. Die Lippen des Toten waren dunkelblau und verzogen zu einem mißlungenen Lächeln. Schwarze Haare bewegten sich in einem kleinen Wind, der vom Hügel herunterstrich. Hunde schnüffelten herum, näßten da und dort an einen Baum. Der Polizist kam zusammen mit dem Amtsarzt in einem Opel Kadett aus Ramsen. Der Arzt fand keine Verletzungen; keine Messerstiche, keine Schußwunden, keinen eingeschlagenen Schädel. Fremdverschulden, sagte der Arzt, schließen wir aus. Alkohol möglich, Erfrieren wahrscheinlich. Der Polizist nickte. In der linken Gesäßtasche des Toten fand man ein Portemonnaie. Hinter einer Hundertfrankennote steckte eine viele Male gefaltete Fotografie; das unscharf aufgenommene Bild eines jungen Mannes an irgendeinem Meer. Außerdem ein Identitätsausweis. Den Papieren nach handelte es sich bei dem Toten um Simon Brock, wohnhaft gewesen in Schaffhausen, vierundfünfzig Jahre alt, Silberschmied.

■

Wir lassen uns von euch die Gesundheit nicht kaputtmachen, von *euch* nicht, von niemandem! *Wir sind eben Vegetarier.*
Mutter, Vater und ich, wir drei, stehen mitten im Wohnzimmer meiner Freundin Astrid. Sind nicht eingeladen. Die Ida, hat mein Vater zu Hause gesagt, kommt mit, Sakrament. Wollen sie schon lehren. Dann sind wir im Sauseschritt durch die Straßen gegangen.
Vaters schwarzes Haar steht kreuz und quer, die Stirnnarbe glänzt feuerrot. Seine Fäuste machen sich wie von selber auf und zu, auf und zu. Astrids Mutter steht mit einer geblümten Schürze vor dem Bauch in der Küchentür und trocknet sich die Hände. Astrids Vater steht langsam vom Sofa auf, stellt das Falkenbier auf den Tisch, stemmt beide Fäuste in die Seiten, im Fernseher läuft ein Fußballspiel, eine Stimme wird lauter und lauter und brüllt *Goal, Goal.* Aber immer unsere Spielsachen nehmen, sagt Astrids Vater ganz leise. Aber immer fleißig ins Reformhaus rennen, keift Frau Fehr von der Küchentür her. Ihr seid ja nicht ganz gebacken, sagt Herr Fehr. Mutter zittert in meiner Hand, meine Hand zittert. Mutters Mund ist ganz klein und zuckt, wie die Lefzen von Großmutters Hund Lumpi zucken, bevor er zubeißt. Aber Mutter kann gar nicht mehr beißen, weil sie ihr die Zähne wegen dem Zuckerzeug schon früh gezogen haben und die neuen Zähne, die falschen Zähne wackeln, wenn man sie nur schon anschaut, sagt Mutter. Sie nimmt Vaters Hand und zerrt daran, aber Vater will nicht gehen, er will noch etwas sagen, sagt aber nichts, und Astrid sitzt im Pyjama ins Sofa gekuschelt und lacht gemein.
Astrid ist meine Freundin. Wir spielen jeden Tag zusammen Himmel und Hölle, mitten auf der Straße, Astrid

wohnt am toten Ende der Straße. Nur abends kommen Autos und verschwinden schnell hinter grüngestrichenen Garagentoren. Astrids Vater hat einen Ford. Glänzend und weiß. Wir fahren, sagt Astrid, immer nur am Sonntag. Am Samstag Auto waschen und am Sonntag ausfahren. Jeden Sonntag fahren wir, sagt Astrid, nach Stein am Rhein oder nach Flaach und essen in einem Restaurant Sonntagsbraten, und nach dem Essen machen wir einen Spaziergang in den Weinbergen und dann wieder zurück im weißen Ford. Extra langsam an unserem Haus vorbei. Mutter steht hinter der Gardine, und Vater fragt Mutter, was sie denn da zu gaffen habe. Zur Arbeit fährt Herr Fehr mit dem Bus wie mein Vater. Er arbeitet in der gleichen Fabrik wie Vater. Herr Fehr sitzt vorne, und mein Vater sitzt ganz hinten im Bus. Was müssen die, sagt Vater, ein Auto haben, Büetzer wie wir. Wir gehen sonntags wandern. Fahren mit dem Postauto in irgendein Dorf und wandern so lange, bis Mutter sagt, Vatteli, es ist genug jetzt, gell. Und dann ist es immer noch weit bis zur Postautohaltestelle. Wann kauft, fragt Astrid, dein Vater endlich ein Auto? Ich zucke mit den Schultern, bald, sage ich.

Wenn wir Himmel und Hölle spielen, steht Frau Fehr auf dem Balkon und sieht uns zu. Sie klatscht, wenn Astrid gewinnt, und ruft Bravo. Ich verliere immer kurz vor dem Himmel das Gleichgewicht. Astrid ist klein und dick. Die müssen, sagt Vater, nur noch mehr Dreck fressen, dann werden die Kinder noch dicker. Er weiß nicht, daß meine Freundin trotzdem gewinnt. Astrid hat lange Haare. Lange, rotbraune Haare. Ich wünsche mir dreimal so lange Haare wie Astrid hat, aber Vater sagt, wenn das so weiter geht, sagt er, werden deine Haare bald nur noch kürzer.

Vater kämmt mir jeden Samstag das nasse Haar. Mit einem engzinkigen Metallkamm. Kopfüber. Meine Haare sind blond und gelockt.
Wir baden samstags in der Küche. Während der Woche liegt eine Holzplatte auf der Badewanne, die so schwer ist, daß sie nur Vater herunterheben kann. Wochentags knetet Mutter Brotteig auf der Platte und Pflanzen stehen daneben. Am Samstagnachmittag räumt Mutter alles ab, und Vater hebt die Platte herunter, obwohl er Rückenschmerzen hat. Verfluchte Rückenschmerzen, sagt er, und diese verflucht schwere Holzplatte gebe ihm noch den Rest. Mutter will ihm helfen. Er werde wohl noch ... sagt er, und knallt die Platte auf den Boden, und mein Bruder Paul steht am falschen Ort und bekommt das Holz auf den Fuß. Er schreit zetermordio und Vater schreit , es tue ihm leid, aber was Paul denn da so blödsinnig zu stehen habe, und Mutter weint vor Aufregung, Paul ist käsebleich im Gesicht, und der nackte Fuß wird dick und dicker.
Zuerst badet Paul zwischen den Schenkeln von Vater und danach ich, zwischen den Schenkeln von Mutter. Eine Wanne Wasser reicht für alle. Weißschuppiges lauwarmes Wasser. Mutters Schenkel sind käsig und voll blauer Flecke. Die kommen, sagt sie, wenn man nur schon daran denkt. Mutter wäscht mir die Haare. Danach kämmt mich Vater, den Kopf über dem Klo, daß die losen Haare gleich hineinfallen, sagt er. Ein Mucks und die Haare sind ab, sagt Vater.
Ich habe die Schere aus der Küche geholt und mir die Haare ganz nah am Kopf abgeschnitten. Es ist viel besser, kurze Haare zu haben, sie tun nicht weh beim Kämmen. Und Vater kann den Rauch in den Haaren nicht mehr rie-

chen. Astrids Mutter raucht nach dem Essen zwei Marylong direkt hintereinander. Vater riecht Dinge, die sonst nur Hunde riechen. Er riecht, wenn Mutter mit fremden Menschen geredet hat. Er riecht, wenn unsere Nachbarin in der Wohnung gewesen ist. Er fragt, was wollte die denn? Wegen der Heizung, sagt Mutter. Die ist nie zufrieden mit der Temperatur, ihr ist immer zu kalt. Weil die alle Fenster aufreißt und mit kurzen Ärmeln im Winter, sagt Vater, deshalb. Die geht heimlich in den Keller und dreht die Heizung hoch, sagt Mutter. Die muß nicht meinen, sagt Vater. Er sagt oft, die müssen nicht meinen. Wenn Vater meint, andere meinen irgend etwas, und wenn er geht, um ihnen zu sagen, sie müßten gar nicht meinen, dann ist man am besten nicht dabei.
Am Morgen spielt meine beste Freundin mit einem fremden Jungen Himmel und Hölle. Astrid bückt sich nach dem Stein im Himmel, ihre Haare sind zu einem Zopf geflochten, der fremde Junge grinst und Astrid sieht meine Sandalen und sagt, hau ab. Sie steht auf einem Bein und hebt die Hand mit dem Stein. Frau Fehr, auf dem Balkon, stemmt beide Fäuste in die Seiten, und Astrid sagt ganz laut, du bist nicht mehr meine Freundin, weil dein Vater spinnt.

■

Frisch rasiert trat der Rekrut Simon Brock aus dem Waschraum hinaus auf den langen Kasernenflur. Seine Schritte schnitten scharf in die weiße Stille. Er blieb einen Moment stehen und richtete die Uniform, schloß den obersten Knopf seines Hemdkragens. Die Kameraden waren im Ausgang. Seit einer halben Stunde schon. Er war der letzte. Einer streckte den Kopf aus dem Wachzimmer, und als er den Brock erkannte, hob er die Hand zu einem lässigen militärischen Gruß an die Schläfe. Simon Brock war seit vierzehn Wochen Rekrut. Jetzt wollte er essen gehen, ins Niederdorf, in eins der billigen Restaurants, eine Bratwurst mit Rösti vielleicht, etwas Währschaftes. Er sparte für ein Motorrad, eine BMW. Nächsten Sommer, wenn alles gutging, würde er das Geld zusammenhaben.

Er war nicht vorbereitet auf den Wind. Um ein Haar hätte er die schwere Kasernentür ins Gesicht bekommen. Schnee stob herein, Kälte. Brock fühlte sich zerschlagen. Kaum geschlafen letzte Nacht. Von Zürich bis nach Baden marschiert, vierzig Kilometer, die ganze Kompanie. Mit Sack und Pack durch den tiefen Schnee. Um eins los, um fünf angekommen. Auf dem Zahnfleisch. Und der Korporal hinter ihm, immer hinter *ihm*. Unter den genagelten Schuhen knirschte der Schnee. Brock, mach endlich die Tür zu, rief der Wachsoldat, 's wird kalt. Er trat vor die Kaserne. Über dem Haupteingang leuchtete eine Funzel schwach und gelb auf die Treppe und ein Stück über die Straße. Winter 1948. Die Kasernenstraße still, zugeschneit. Die Fußspuren der Kameraden waren schon nicht mehr zu sehen. Ein früher Winter dieses Jahr, ein ekelhafter Wind. Simon Brock hatte sich noch rasiert, obwohl dazu kein Grund gewesen war. Er hatte sich rasiert und rasiert, bis die Kameraden das Warten satt hatten, bis sie sagten, Brock, wir gehen schon mal vor, weißt ja, wo wir sind. Aber Brock wollte nicht reden beim Essen. Er würde in ein anderes Restaurant gehen. Wo ihn keiner kannte. Er zog den Uniformmantel enger um die Schultern, schlug den Kragen hoch, wollte sich im Windschatten seines Körpers eine Zigarette anzünden. Es ging nicht, das Wetter fuhr in alle Richtungen. Brock war bei der Infanterie, und die Infanterie ist das Allerverfluchteste. Auf der Allmend durch den Schlamm robben, anlegen, schießen, weiter auf dem Bauch, das Gesicht nah am Boden.

Letzte Woche wurde der Rekrut Brock zum Offizier bestellt. Man wolle, daß der Rekrut Brock weitermache, mindestens Korporal werde. Seine Leistungen seien hervorragend. Bei mangelnder Kooperationsbereitschaft, das wisse er doch, könne man ihn auch zwingen. Der Instruktor Stucki sah ihn an, abwartend, die Hände auf dem Rücken. Im Augenwinkel ein nervöses Zucken, das er immer hatte, das stärker wurde, wenn Brock ihm in die Augen sah. Die Landesverteidigung brauche Männer wie ihn. Der Stucki hatte die Krawatte zu eng gebunden. Simon Brock starrte auf den Hals, auf die pulsierende Ader oberhalb des Kragens. Er schwieg. Er hatte nicht mehr lange Zeit zu beweisen, daß er zum Korporal nicht taugte.

Gerade als er den ersten Schritt vom Trottoir auf die Straße tun wollte, kam von irgendwoher eine Frau, überholte ihn und glitt direkt vor ihm aus, verlor den Halt, das Gleichgewicht. Er konnte gar nicht anders, als nach ihr zu greifen. Ein schneller Schritt nach vorne und zugefaßt. Am Arm, um die Hüfte oder vielleicht nur ihren Mantelstoff in die Hände bekommen. Die junge Frau drehte sich um und lachte ihm ins Gesicht. Sie dankte ihrem »Lebensretter«, wie sie sagte, der in seiner Uniform jung und schneidig vor ihr stand, sich selber aber etwas linkisch vorkam, mit einem Kuß auf die Wange. Er wunderte sich. So was tut man nicht, dachte er, einen vollkommen fremden Mann küssen. Wenn auch nur auf die Wange. Sie mußte eine Liederliche sein. Aber sie sah nicht aus, wie liederliche Frauen aussehen. Dunkles Haar unter einer Mütze rahmte ihr schmales, eher kantiges Gesicht ein. Nicht einmal die Lippen waren geschminkt. Über der scharf geschnittenen, eigentlich zu großen Nase standen fast schwarze Augen weit auseinander. Das dürftige Licht von oben malte Schatten unter ihre Augen. Sie heiße Nadine Fabre und komme aus Lausanne. Sie sagte Monsieur Broc zu ihm, Monsieur Broc, sagte sie, darf ich Sie zum Essen einladen? Er zögerte einen Moment; ihn einladen zum Essen? Eigentlich müßte er doch eher sie zum Essen einladen, so gehörte sich das doch. Sie gingen nebeneinander durch den Schnee Richtung Niederdorf. In diesem Jahr hatte es früh angefangen zu schneien. Am Hauptbahnhof fuhren leere Züge ab, alle in dieselbe Richtung. Ob er schon einmal in Lausanne gewesen sei, fragte sie. Nein. Noch nie. Er wußte, die Kameraden waren in der *Bierhalle Wolf*. Sie gingen immer in den *Wolf*, weil da die Serviererin blond war und Gabi hieß und weil Gabi mit den Rekruten manchmal in ihr Zimmer ging. Fräulein Fabre wollte in die *Bodega espagñol*. Er hatte das Lokal immer gemieden, düster und verkommen sah es aus, wie eine richtige Spelunke. Jetzt, zum ersten Mal drin, fand er die Gaststube gemütlich, immer noch dunkel, aber gemütlich. Kerzen auf derben Holztischen. Die Fischsuppe schmecke, sagte Fräulein Fabre, hier wirklich gut, sie esse hier immer Fischsuppe und der Wein sei ein Traum, Rioja. Sie sei, erzählte sie, in La-Chaux-de-Fonds aufgewachsen. Eine merkwürdige Stadt, die Trottoirs seien da höher als anderswo und die Straßen wie ein Gitter durch die Stadt gezogen, es erinnere sie an New York oder Detroit. Sie könne gut auf La-Chaux-de-Fonds verzichten. Sie nickte, ohne daß jemand eine Frage gestellt hätte. Ich bin da aufgewachsen, sagte sie, aber ich verlaufe mich in den Straßen, als wäre ich eine Fremde. Dann fragte Simon Brock, was sie denn hier in Zürich zu tun habe, ob sie in Stellung sei bei einer Familie? Nadine Fabre lachte. Sie bat ihn um eine Zigarette. Er kannte keine Frau, die rauchte. Oder doch, die Gabi aus dem *Wolf* rauchte auch. Aber das war eine Hure, oder zumindest so was ähnliches. Er gab ihr Feuer. Sie sei Journalistin, sagte sie, Volontärin beim Tages-Anzeiger. Simon Brock wußte nicht, daß es Journalistinnen gab. Sie machen ein Gesicht, Monsieur Broc, sagte sie, als wüßten Sie nicht, daß es überhaupt Journalistinnen gibt. Die Kellnerin kam und sie bestellten Fischsuppe und einen Halben Rioja. Was sollte er sagen. Er sah sie an. Sie erinnerte ihn jetzt an den Tanner, der mit ihm die Lehre gemacht hatte in der Silberwarenfabrik. Der kleine Tanner, der, so klein er war, ein Mundwerk hatte für drei. Der Tanner sah ein bißchen aus wie ein Mädchen, und Fräulein Fabre sah ein bißchen aus wie ein Junge. Das irritierte ihn. Er kannte nicht viele Frauen. Eigentlich kannte er nur die Frauen seiner Verwandtschaft. Seine Mutter, die beiden Schwestern. Sie waren bisher sein Maßstab gewesen. Aber die beiden Schwestern waren aus der Art geschlagen. Beide häßlich, daß ihn schauderte, sooft er daran dachte. Die Schwestern Emma und Thesi waren im Gesicht verwachsen; Emma hatte einen Wolfsrachen und Thesi eine Hasenscharte. Sie taten ihm leid. Wenn sie konnten, saßen die Schwestern wie zwei verschupfte kleine Vögel ganz nah beieinander, als könnten sie sich gegenseitig vor dem Leben schützen. Und dabei taten sie sich alles Mögliche zuleide, handkehrum. Sie waren beide Verkäuferinnen in der *Epa*, Emma in der Haushaltsabteilung und Thesi in der Strickwarenabteilung. Wir wollen sie nicht verheiraten, sagte die Mutter, sie bleiben zu Hause und werden mich später einmal pflegen.

■

Tante Thesi ist tot, sagen sie. Tot. Vaters Gesicht ist anders, schrecklich starr und bleich, nur seine Lippen bewegen sich und sagen, Thesi ist tot. Wenn unser Telefon um diese Zeit klingelt, ist etwas Schlimmes passiert. Mein Bruder Paul schläft. Ich stehe barfuß vor der angelehnten Wohnzimmertür. Eigentlich darf ich nicht aufsein um diese Zeit. Tante Thesi ist krank, aber doch nicht tot, warum tot? Sie hat Parkinson, sagt Mutter, sie zittert und der Geifer läuft ihr aus dem Mundwinkel und übers Kinn und tropft, und tropft auf den Tisch, in die Suppe, läuft ihr in den Schoß. Gestern noch. Und Großmutter hat die Tante an beiden Schultern gepackt und geschüttelt und gesagt, sie solle den Geifer schlucken, das sei doch widerwärtig. Tante Thesis Gesicht ist ein Puppengesicht und ihr Körper ist ein Puppenkörper. Alle schütteln das Puppenthesi und zerren an Armen und Beinen und Haaren herum. Vater sagt, daß es nicht so schnell hätte zu sterben brauchen, das Thesi, noch jahrelang hätte die Krankheit schlimmer werden können. Großmutter habe gleich, sagt Vater, die leeren Pillendöschen weggeschmissen, zuunterst in den Kehricht. Schon immer, sagt Vater, habe das Thesi Scherereien gemacht, es sei, gopfertammi, einfach zu sentimental. Dann nimmt Vater die Hände vors Gesicht und heult, und Mutter setzt sich neben ihn aufs Sofa und streichelt ihm den Rücken. Später ziehen sie sich an und gehen fort.

■

Sie tranken Rioja, und Fräulein Fabre sagte, er habe ihre Frage noch gar nicht beantwortet, ob er sich überhaupt vorstellen könne, daß es Journalistinnen gäbe. Simon Brock sagte, er könne sich das schon vorstellen, aber normal sei es ganz und gar nicht. Sie lachte. Sie sagte, wir wollen uns duzen, nenn mich Nadine, bitte.
Nadine wohnte bei Bekannten in einer Villa an der Rämistraße. Sie gingen zusammen durchs Niederdorf Richtung Pfauen. Kleine Schritte, nur nicht ausrutschen auf dem Eis unter dem Schnee. Nadine bückte sich, warf ihm Schnee ins Gesicht. Er schüttelte sich wie ein junger Hund, rannte ein Stück von ihr weg, glitt aus, fing sich wieder. Er traute sich nicht, sie anzufassen. Vor dem Gartentor küsste sie ihn, diesmal auf den Mund, gerade als er etwas sagen wollte.
Dann ging Simon Brock zurück. Langsam zurück durchs Niederdorf, vorbei an der *Bodega* und vorbei an der Bierhalle, aus der Musik drang, Gelächter und Gejohle. Vor dem Lokal war der Schnee zerstampft und dreckig grau. Im großen Schlafsaal, in den zwölf akkurat in einer Reihe stehenden Betten, lagen sie wie Tote unter den Wolldecken. Es roch säuerlich nach Erbrochenem und nach billigem Rotwein. Immer das gleiche, sie soffen, bis sie kotzen mußten, ekelhaft. Simon Brock schlich auf Zehenspitzen zu seinem Bett ganz vorne am Fenster. Der Lüthi, der neben ihm schlief, murmelte etwas und stöhnte. Brock legte sich angezogen aufs Bett und starrte an die

Decke, auf die Lichtstreifen, die sich regelmäßig und schräg über ihm abzeichneten. Er zählte sie, es waren dreiundzwanzig Striche. Das Fenster stand einen Spalt breit offen. Er spürte den eisigen Luftzug und zog sich die Wolldecke bis unter die Nase. Dafür lagen jetzt die Füße frei. Vom Großmünster wehte der Stundenschlag. Um fünf würde Tagwacht sein. Hämmern an jede Tür. Es würde am Ende des Flurs beginnen, und beim ersten Schlag an die erste Tür würde man schon wach sein und gleich in einen Tiefschlaf fallen wollen, der erst zu Ende wäre, wenn diese ganze verfluchte Rekrutenschule zu Ende war. Man hörte sein Herz panisch klopfen, jäh aus dem Schlaf gerissen, wußte man einen Moment lang nicht, wo man war, erinnerte sich und erwartete dann den Schlag an die eigene Tür wie ein schlimmes Urteil. Man klammerte sich unter der Decke ans Laken, als könne man sich so in den Träumen festhalten. Aber niemand kam und zerrte einen aus dem Bett, man stand von alleine auf. Er haßte das. Er haßte das alles.
Aber noch hatte er sechs Stunden Zeit. Er dachte an Nadines Haar. Wie es unter der Mütze hervorkam und das Gesicht einrahmte. Kastanienbraun. Sie befand sich auf der Durchreise, sozusagen. Er könnte sie vergessen. Sie hatten den ganzen Abend geredet, aber er wußte trotzdem nichts von ihr, außer daß sie Journalistin war. Daß sie aus La-Chaux-de-Fonds kam und in Lausanne lebte.
Im Grunde wußte er gar nichts über Frauen oder er wußte nur etwas über die, die er kannte, und das waren nicht viele, drei, nein, vier mit dem Rösli, der Frau seines Bruders Edgar. Simon Brock hörte es in seinen Schläfen pochen. Das sind, dachte er, Sekunden, viel zu schnelle. Zu Hause schlief er im Bett des toten Vaters unter dem Bild

der Mutter. Die Haut der Mutter leuchtete madig im Licht der Nachttischlampe. Seine Gedanken hüpften hierhin und dorthin. Er spürte noch Nadines Kuß auf seinen Lippen. Schlafen konnte er jetzt nicht, wirklich nicht. Hatte er sich überhaupt schon einmal verliebt? Was war das, sich verlieben? Seine Schwestern, glaubte er, hatten sich schon einmal verliebt. Ihre Augen waren wochenlang nach innen gekehrt gewesen; wenn er sie etwas fragte, gaben sie falsche Antworten. Und später, als alles aus und vorbei war, weinten sie heimlich in den Nächten, sie weinten lautlos, sie bissen sich die Lippen blutig, stachen sich mit Stopfnadeln in die Fingerkuppen. Sie schütteten sich heißes Wasser über die Hände, und einmal schlug er das Thesi ins Gesicht, weil er Angst hatte, das Thesi gleich auseinanderfallen zu sehen; es war nur noch ein Schatten, ein dünnes Etwas, das nicht mehr wußte, was es den Schmerzen entgegensetzen sollte. Das Thesi war froh gewesen um den Schlag ins Gesicht. Es hatte ihn angesehen, als sei es eben erst in diese Welt gefallen, und dann gingen sie zusammen spazieren. Er kann sich an jeden Schritt erinnern, sie stiegen auf den Galgenbuck, es war im März, und setzten sich unter den kahlen Linden ins nasse Gras. Sie redeten kein einziges Wort.

■

Tante Thesi und ich bleiben allein zu Hause. Daß wir aufeinander aufpassen sollen, sagt Großmutter.
Tante Emma hat ein Auto. Einen mausgrauen Mini Cooper mit einem Kissen auf dem Rücksitz für Lumpi, den Dackel. Wegen Lumpi, sagt die Großmutter, haben Ida und Thesi keinen Platz im Auto. Außerdem hat mein Bru-

der Paul den Rasen gemäht. Da hat er einen Ausflug verdient. Großmutter hat immer Arbeiten für Paul und nie welche für mich. Sie machen alle Ausflüge ohne mich. Heute wollen sie mit meinem Bruder auf den Randen fahren oder ins Deutsche, so weit ein kleines Auto in drei Stunden eben fährt. Sie gehen mit Lumpi spazieren und danach in ein Restaurant essen.
Die Ida muß auf Tante Thesi aufpassen, sagt Großmutter. Und Thesi muß auf Ida aufpassen, sagt Tante Emma. Paßt gut aufeinander auf, sagen sie, bevor sie gehen. Wir stehen vor dem Haus auf der Steintreppe und winken, bis der graue Mini hinter der ersten Kurve verschwunden ist. Im Garten blüht der Flieder. Tante Thesis schwarzes Haar ist fettig und ihre Hand, ihr Kleid, alles an ihr riecht nach Vicks. Wir gehen ins Haus, ins Wohnzimmer. Die Vorhänge sind zugezogen. Daß die Tapete nicht ausbleicht, sagt Großmutter, daß uns niemand in die Familie hereinschauen kann, sagt Tante Emma. Tante Thesi setzt sich aufs Sofa, ihre Hände im Schoß zittern. Tante Thesi hat früher auf einer kleinen schwarzen Schreibmaschine Gedichte getippt. »Du Zugvogelseele dort oben, wie weit willst du hin, bei sinkender Sonne in die Ferne ziehn? Der Vogel ruft, sein Schrei fliegt weit. Weit, weit in ferne blaue Unendlichkeit.« Auf kleine Fetzen Papier getippt, an die Fliesen im Bad geklebt. Dazwischen farbige Abreibeblumen, Hyazinthen, Enzian, die ich, sitze ich auf dem Klo, mit den Fingernägeln abkratze. Tante Thesis Hände finden die Tasten nicht mehr. Sie liegen im Schoß und schlottern. Die Sehnsuchtsgedichte faulen im Kopf. Um ihren Mund wachsen schwarze Borsten.
Das Thesi hat einmal Einen gehabt, sagt Vater. Der war nicht der Schlechteste. Ein deutscher Offizier. Die Emma

hat es der Mutter verraten, aus Eifersucht. Wenn man zwei Schwestern hat, sagt Vater, sind nie beide gut. Die Emma ist die schlechte Schwester. Sie hätten zusammen weit fortgehen sollen, sagt Vater. Das Thesi und der Offizier.
Ich lege mich auf den Teppich. Ich schließe die Augen und stelle mir vor, wie sie im Gasthof essen. Wir gehen nie in ein Restaurant essen. Weil wir nicht neben Rauchern sitzen wollen und weil das Gemüse im Wasser gekocht, alle Vitamine futsch und das Öl ranzig ist. Wenn Vater später fragt, ob sie eingekehrt seien, lügt mein Bruder Paul. Er lügt ganz leicht. Wir alle lügen leicht, jeden Tag und ohne rote Ohren. Wenn Vater am Morgen aus dem Haus ist, holt Mutter bittersüße Orangenmarmelade hinter den Geschirrtüchern im Schrank hervor und erlaubt jedem ein Teelöffelchen voll, ohne Brot und vor der Schule. Wir schlecken zehn Minuten lang. Die Löffel sind aus Silber und ein Hochzeitsgeschenk von Vaters Fabrik. Vater arbeitet nicht bei den Löffeln, er macht Kannen. Teekannen und Kaffeekannen. Achthunderter Silber, massiv. Die Henkel aus Ebenholz. An einem einzigen Henkel feilt Vater eine Woche lang von Hand und rotzt in der nächsten Woche schwarzen Staub aus der Lunge. Ich mache mich, sagt er, kaputt für die Bonzen, das Saupack.
Auch der Teppich riecht nach Vicks und nach Lumpi. Es ist warm und stickig im Wohnzimmer. Die heizen, sagt Vater, immer bis in den halben Sommer hinein. Und lüften nie. Tante Thesi steht auf und geht zum Büffet. Kramt im Dunkeln und findet die Schallplatte, die sie jeden Tag woanders versteckt, aus Angst, Großmutter werfe sie fort. Weil Thesi plärrt, wenn sie die Platte nur schon sieht. Weil das Lied so alt ist wie ihre Liebe zum Offizier. Tante The-

si trifft das Loch in der Mitte nicht mehr. Ich bin die einzige, die sie fragen kann. *Das alte Haus von Rocky Docky.* Tante Thesi gibt mir an diesen Nachmittagen fünf Franken dafür, daß ich die Platte auflege und mich dann neben sie aufs Sofa setze und ihre Hand halte und streichle. Daß ich sie nicht auslache und nicht schimpfe, wenn die Tränen von Wochen und Wochen in einer einzigen Stunde heraus müssen.

■

In manchen Nächten hörte er schnelles Atmen aus den Betten der Kameraden. Leises Seufzen, Girren der Metallbetten, da und dort. Man war nie allein in diesen vier Monaten Rekrutenschule. Er wußte von den Bildern unter den Matratzen. In diesen Nächten gab eins das andere. Brock spürte, wie sein Glied unter dem Stöhnen der andern gegen das rauhe Gewebe des militärischen Leintuchs wuchs. Er drehte sich auf den Bauch und wieder auf den Rücken, wußte nicht, wohin mit den Händen.
Der Brock ist gestern, krähte der Lüthi beim Schuhe putzen, zu spät gekommen. Sie stießen sich gegenseitig an, sie zwinkerten sich zu. Das Schneetreiben hatte nicht aufgehört, ein verfluchtes Wetter, das Stiefelleder war klamm, mit bloßen Händen walkten sie das Fett in die Poren.
Nadine fuhr zurück nach Lausanne. Auf den Straßen lag grauer Schneematsch, als sie zusammen zum Bahnhof gingen. Sie schritten still nebeneinander her, ab und zu berührten sich ihre Hände. Sie hatten nichts verabredet, nichts weiter als die Adressen getauscht. Simoo, sagte Nadine, salut. Sie hatte ihre braune Wollmütze auf. Sie

lächelte schüchtern, wie er es von ihr nicht kannte. Sie stieg in den Zug, und dann sah er sie hinter der Scheibe rauchen, ohne noch einmal einen Blick nach draußen zu werfen. Simon Brock ging langsam zurück zur Kaserne.

■

Schwarz angezogene Menschen stehen vor der Leichenhalle auf dem Waldfriedhof. Unsere Verwandtschaft. Die Sonne scheint. Hinter den Bäumen leuchten die Berge weiß, der erste oder der letzte Schnee. Föhn. Alle Frauen tragen schwarze Strümpfe. Vater stützt Großmutter. Großmutter ist klein und hat Säbelbeine. Jemand schenkt mir eine Orange. Alle flüstern. Sie denken an ihren eigenen Tod und reiben sich mit dem Taschentuch im Gesicht herum. Sie schütteln uns die Hände. Nahe Verwandte. Ich komme mir wichtig vor.
Tante Thesi liegt aufgebahrt in der Leichenhalle. Willst du es, fragt Mutter, noch einmal sehen? Ich weiß nicht recht. Früher, bei uns im Emmental, sagt Mutter, mußte man die Toten im Sommer schnell begraben. Vor einem möglichen Gewitter, wegen dem Blutsturz. Milch wird sauer und den Toten kommt das Blut aus Nase und Ohren beim Gewitter. Warum, frage ich. Komm, sagt Mutter und nimmt mich bei der Hand. Ich habe noch nie etwas Totes gesehen. Wir gehen in die Leichenhalle. Auf einer Seite hängen dunkle Vorhänge, und auf der andern wachsen Fenster bis in den Himmel hinauf. Es riecht leer. Weit weg, irgendwo am Ende, leuchtet ein Licht zwischen den Vorhängen. Davor stehen Onkel Edgar und Tante Rösli. Sie haben die Hände vor dem Bauch gefaltet und das Kinn auf der Brust. Draußen läuten Glocken. Wir kom-

men näher. Ich möchte mich umdrehen und fortlaufen, meine Sandalen auf den Fliesen klappern hören. Komm, flüstert Mutter und zieht mich weiter. Sie nicken einander zu, als wir zum hellen Schein kommen. Mutter drückt meine Hand. Tante Thesi liegt unter einer Glasscheibe und sieht aus wie eine gepreßte Blume. Ganz flach und alle Farben ein bißchen fad. Deswegen haben sie ihr den hasenschartigen Mund rot und die Augenlider blau angemalt. Die Oberlippe ist über die Zähne gerutscht. Die Zähne sind rot, und über dem Mund wächst ein schwarzer Bart in den Tod hinein. Die Orange in meiner Tasche ist warm. Mutter wischt sich mit meiner Hand die Tränen aus dem Gesicht. Tante Thesis Mundwinkel sind jetzt endlich trocken. Wie friedlich sie aussieht, sagt Onkel Edgar. Ihr strähniges Haar ist mit Spangen über der Stirn festgeklemmt. Die Sonne sticht in meinen Kopf, eine Fliege fliegt gegen das Glas. Tante Thesis Hände sind auf der Brust gefaltet, sie sehen aus wie Holz, wie Scheite, steif und verwittert und die Nägel blaßblau. Ich habe Angst vor diesen Händen, die Hände sind das Schlimmste. Draußen sagt Mutter, daß Thesi jetzt im Himmel sei, im Himmel über dem Himmel, den man sieht. Ich streichle Lumpi, und er knurrt nicht einmal, bevor er zubeißt.

■

Am Bahnhof in Lausanne kaufte Simon Brock Rosen. Er hatte seinen Besuch nicht angekündigt, er wollte Nadine überraschen, ihr Gesicht sehen, wenn er so unverhofft vor der Tür stand. Sie hatte ihm in der Zwischenzeit nicht geschrieben.
Nadine wohnte nicht weit vom Bahnhof entfernt, in ei-

nem zartgelb gestrichenen Mehrfamilienhaus, Chaussée de pré fleuri. Simon Brock mußte bis unters Dach steigen, und schon von einem Stockwerk weiter unten hörte er Musik. Er zögerte. Vielleicht hatte sie Besuch, stören wollte er nicht. Er hielt das metallene Treppengeländer umklammert, die Knöchel traten weiß hervor. Oder sollte er wieder gehen? Niemand wußte von seinem Vorhaben, zu Hause hatte er gesagt, er wolle einen Kameraden aus der Rekrutenschule besuchen. Wie von selber gingen seine Füße weiter. Natürlich sollte er umkehren. Er stieg die letzten Stufen bis zur Tür hoch, blieb stehen. Die Musik war jetzt sehr laut, ein Swing, glaubte er, er kannte sich mit Musik nicht aus. Ordinäres Lachen dazwischen. Das konnte doch nicht Nadines Stimme sein? Er löste das Papier von den Blumen und wartete. Als es zwischen zwei Stücken einmal still war, klopfte er. Zweimal, dreimal. Die Musik wurde leiser gedreht, und eine trällernde Stimme näherte sich. Mit einem Ruck wurde die Tür geöffnet, und Nadine stand vor ihm. Sie erkannte ihn nicht gleich wieder, sie hatte ihn nie ohne Uniform gesehen. Dann ging ein Leuchten über ihr Gesicht, und im nächsten Moment fühlte er sich umarmt, und wieder hörte er dieses Lachen, das sie in Zürich nicht gehabt hatte. Sie zog ihn am Ärmel in die Wohnung. In der Diele stand ein junger Mann. Das hier, sagte Nadine, ist Jean, mein Verlobter, et ça, c'est Simoo, la recrue. Auch Jean lachte. Simon Brock wußte, sie hatten über ihn gesprochen, nicht jetzt, damals, als sie aus Zürich wiedergekommen war. Simoo, *la recrue*. Er kam sich dumm vor. Aber Nadine hatte schon ein Glas in der Hand, schenkte ihm Weißwein ein. Sie hatte ihm die Rosen aus der Hand genommen, sie in eine Vase gestellt. Rote Rosen. Er hätte sich ohrfeigen

können. Merci, sagte sie und gab ihm einen Kuß auf die Wange. Sie hätte ihm sagen sollen, daß sie verlobt war. Simon Brock saß plötzlich auf dem Sofa. Was war denn geschehen? Nichts. Das einzige waren die Rosen, ohne Rosen wäre alles halb so schlimm. Ein Besuch, zufälligerweise in Lausanne zu tun, vorbeigeschaut. Jeder kommt irgendwann einmal nach Lausanne, auch er. Auf gar keinen Fall extra nach Lausanne gefahren.
Die Wohnung war klein. Ein Wohnzimmer und vermutlich ein Schlafzimmer. Ganz oben, unter dem Dach. Er und Nadine, es war nichts gewesen in Zürich, gar nichts. Jean saß neben ihm und klopfte ihm auf die Schulter, als wären sie alte Freunde. Simon Brock redete irgend etwas, wahrscheinlich über seinen Beruf, daß er gerade die Lehre als Silberschmied beendet habe und eine Arbeit suche. Sein Französisch war schlecht. Er verstand, daß Jean Maler war. Hier, alle diese Bilder, Landschaften, Schiffe auf dem See, Berge dahinter, Festgirlanden davor. Fröhliche Bilder. Und er verstand, daß Jean von einer Stelle wußte, die für Simon Brock in Frage käme. Ein glücklicher Zufall. Er könnte sich bewerben, gleich nächste Woche. Jean roch nach Schweiß. Weißt du, fragte Nadine, was wir gerade gemacht haben, bevor du kamst? Er wollte es gar nicht wissen. Wir haben getanzt, sagte Nadine, nur wir zwei, am hellichten Nachmittag. C'est fou, nicht wahr, Simoo? Es machte Simon Brock gar nichts aus, daß sie schon verlobt war, jetzt nicht mehr. Das Sofa war weich, und neben sich spürte er Jeans warmen Körper. Nein, er suchte gar keine Arbeit, er hatte gelogen, er konnte bleiben, wo er die Lehre gemacht hatte. Und ohne Not wechselte man die Stelle nicht. Oder vielleicht hatte er gar nicht gelogen, und Jean hatte ihn einfach mißver-

standen, er wünschte, sein Französisch wäre besser. Könnte man es nicht einmal probieren mit einer neuen Stelle? Wär' nicht das Schlechteste. Überhaupt, weg aus der Ostschweiz, fort von der Mutter, den Schwestern. Aber wie denn? Wozu denn? Nadine war verlobt, und sonst kannte er niemanden in Lausanne. Die Stadt war ihm vollkommen fremd. Andererseits, Jean war ihm wirklich sympathisch. Er könnte, er könnte, Lausanne könnte ihm schon gefallen. Simon Brock hatte bereits ein Glas Wein geleert, so schnell, sonst trank er nicht viel, Nadine schenkte ihm nach. Sie machte die Musik wieder lauter, es war Samba, jetzt war es Samba, das wußte er genau. Jean stand auf, nahm Nadine um die Taille, nahm sie, als wiege sie nichts. Sie drehten sich im Tanz vor Brocks Augen, Jeans blonde Haare flogen. Säuerlicher Geruch von Schweiß hing im Zimmer, von Wein und von verlorenem Parfüm. Simon Brock fühlte eine kräftige Hand an seinem Arm, viens, viens, sie tanzten zu dritt im Wohnzimmer Samba. Nadine juchzte. Wo war er da hingeraten, hier konnte er nicht bleiben, er gehörte da nicht hin. Er wußte nicht, wo er sonst hingehören könnte. Daß es draußen noch hell war, daran hatte er nicht gedacht. Er mußte gehen, sofort. Er blieb, tanzte, jemand klopfte an die Tür, laut, hart, hämmerte, schrie. Merde, sagte Jean, merde. Natürlich, sie waren zu laut, so laut durfte man nirgends sein.

Sie sahen vom obersten Stockwerk hinaus ins Blaue. In den Himmel über Frankreich, jenseits des Sees. Sie tranken Wein, Jean legte ihm kumpelhaft den Arm um die Schulter. Simon Brock lehnte sich gegen Jean. Könnte versinken, verschlafen in dieser warmen Ecke, für immer.

Jean und Nadine lebten zusammen, nicht verheiratet, in dieser kleinen Dachwohnung. Das ist allerhand, dachte Simon Brock. Pack, hörte er seine Mutter sagen, dreckiges Saupack, bei solchen Leuten hätten sie, Brocks, nichts, aber auch gar nichts verloren.

■

Aber ich gehe trotzdem jeden Tag zur Straße mit dem toten Ende, wo Astrid jetzt mit dem Fremden spielt. Was ich hier verloren habe, ruft Astrids Mutter, und ich sage nichts, ich stehe und zähle meine Zehen von rechts nach links und zurück, ich habe zehn Zehen wie alle andern, und dann setze ich mich auf den Asphalt. Wie man lästige Katzen verjagt, so wedelt Astrids Mutter mich mit den Händen fort; weg, weg. Gar nichts hat die hier verloren, ruft Astrids Mutter, und Vater fragt auch, was ich bei dem Pack zu suchen habe, das seine eigenen Kinder und andere vergifte. Du hast uns, sagt Vater, deine Familie. Wir brauchen nichts und niemanden, sind uns selber mehr als genug. Andere Väter rauchen und verjubeln das Geld in der Beiz, sagt Mutter, unser Vater ist ein Guter, ein Lieber, jawohl. Dein Vater spinnt, sagt Astrid zwischen zwei Hüpfern, ihr seid ja nicht ganz dicht, hau ab. Mein Bruder Paul spielt nicht mit mir. Ich bin zu blöd und zu klein, sagt er. Und mit Mädchen spielt er sowieso nicht. Der Asphalt ist warm von der Sonne, und Kaugummis kleben zwischen den rauhen Steinchen. Ich drücke meine Fingernägel in einen Kaugummi und kratze und stecke ihn dann in den Mund. Zwischen meinen Zähnen knirscht Sand, und der Kaugummi schmeckt nach Pfefferminze.

Pfui Teufel, ruft Astrids Mutter vom Balkon, da können wir aber nichts dafür, so eine Sau, ruft Astrid, ich sitze und kaue und dann sind plötzlich alle verschwunden und ich sitze ganz allein auf der warmen Straße und kaue den Kaugummi, über den weiße und blaue Autos gefahren sind, und der Kaugummi schmeckt nach Pfefferminze.

■

Er stand am offenen Fenster. Jean und Nadine waren zu Bett gegangen, es war kurz vor Mitternacht. Auf dem Tisch standen fünf leere Flaschen. Ein Luftzug kühlte ihm die Wangen, die Stirn, das Haar. Das Haus stand am Hang. Er sah über die Stadt hinweg auf den See. Er sah Lichter an der gegenüberliegenden Uferseite. Frankreich. Niemand hatte ihm je erzählt, daß es Leute gab, die ein Leben führten wie Nadine und Jean. Simon Brock war müde, aber er glaubte, nicht schlafen zu können. Jetzt, allein in diesem Zimmerchen, kam ihm alles schäbig vor, selbst im weichen Licht der funzligen Tischlampe. Der Stoff des Sofas, abgewetzt und notdürftig mit blumenbedruckten Tüchern bedeckt. Fadenscheinige Vorhänge. Seine roten Rosen standen zwischen schmutzigen Gläsern auf dem Couchtisch. Rote Rosen sind eindeutig; er begriff nicht, wie Jean das übersehen konnte. Kalter Rauch stand im Raum. Er hörte Motorengeräusche; ein kleines Auto fuhr die Straße hinauf am Haus vorbei, bog rechts in die nächste Querstraße ein. Nach einer Weile war es wieder still. Wenn jetzt noch Züge führen. Bald würde er sich ein Motorrad kaufen. Dann konnte er davonfahren, wenn er es an einem Ort nicht mehr aushielt. So wie jetzt. Nicht, daß es ihm hier nicht gefiele, daß er sich nicht wohl gefühlt hätte. Im Gegenteil, er hatte eine seltsame Erregung gespürt, als ob er stürzte, von weit oben und unten nichts. Alles in ihm hatte sich verkrampft. Beinahe hätte er zu atmen vergessen. Dennoch trank er bereitwillig Wein und hätte weitergetrunken, wäre noch Fendant in der Flasche gewesen. Einfach um nicht aufzuwachen, um sich weiter vorstellen zu können, wie er hier bliebe, ohne Gedanken an die Sorgen der Mutter, an die Schwestern. Nur begann er leider schon jetzt, die Schäbigkeit dieser Behausung zu sehen, überdeutlich. Er schloß das Fenster und sah in der Spiegelung der Scheibe seinen dunklen Schopf und daneben, dahinter, ein Bild. Er drehte sich um. Auf der Fotografie war Jean zu sehen. Neben einer Art Leuchtturm stand er auf einer Mole, etwas verloren, schräg gegen den Wind, die Hände auf dem Rücken. Auf dem Meer hinter Jean trieb eine Bö Gischt über die Wasserfläche. Unter dem Foto war mit Bleistift vermerkt: *Pour Nadine, ma petite, Jean, au bord de la mer, Italie, Juin '47.*

Er wußte nicht, warum er das Foto aus dem Rahmen nahm, mehrmals faltete und es sorgfältig in sein Portemonnaie steckte. Den Rahmen hängte er leer zurück an die Wand. Es mußte auffallen am nächsten Morgen, sofort.

An keinem einzigen Meer war Simon Brock bisher gewesen. Er konnte sich die Weite nicht vorstellen. Viel anderes als die winzige Reihenhauswohnung, in der er mit seiner Mutter, den zwei Schwestern lebte, hatte er noch nicht gesehen. Rechts Nachbarn, links Nachbarn, vorn und hinten. Mittendrin die halbe Familie Brock. Der Vater tot, der Bruder Theodor tot, der andere Bruder Edgar zweifelhaft verheiratet mit einer geschiedenen Frau,

Rösli, die zudem acht Jahre älter war als Edgar. Die Mutter, Alma Brock, stand am Fenster und wartete. Daß Theodor heimkomme. Daß ihr Mann Otto heimkomme, endlich auf seinem schwarzen Armeefahrrad in die Rosenstraße einböge und anfange zu winken, weil er wüßte, daß die Mutter ihn jetzt sehen könnte von ihrem Platz hinter dem Vorhang aus.

Das Warten hatte nach dem Krieg begonnen.

Simon Brocks Vater hatte deutsche Wurzeln, und die Wurzeln muß man pflegen, sagte er vor dem Krieg, weil der Baum sonst verdorrt. Nach dem Krieg steckte man die Buchenhecke vor Brocks Haus in Brand.

Der alte Brock war Rädelsführer bei den Fröntlern gewesen, die emsig alle Schweizer Kantone in Gaue aufteilten. Sie druckten Pamphlete, die sie nachts in Briefkästen verteilten. Der kleine Simon, gerade zehn Jahre alt, mußte die Schriften im Dunkeln von einem Fröntler zum andern tragen. Abends, nach dem Essen, wurde ein Rucksäcklein bepackt, dem Simon eingeschärft, keiner Menschenseele zu sagen, wohin er ginge. So wurde er losgeschickt, ohne zu wissen, was er da auf dem Rücken trug. Und hätte er es gewußt, es wäre ihm einerlei gewesen. Sein Herz klopfte schneller, wenn er die Nachbarn verstohlen aus den Fenstern lugen sah, halb verborgen von dicken Vorhängen, sich schnell zurückziehend, wenn er den Blick zu den Fenstern hob. Er gewöhnte sich daran, mit gesenktem Kopf durch die Straßen zu gehen.

Auch in der Schule, vor allem in der Schule, dürfe er nichts erzählen von seinen Botengängen, es sei ein Geheimnis, ein ganz wichtiges Geheimnis, befahl ihm der Vater. Aber in der Schule wußten ohnehin alle Bescheid, man steckte die Köpfe zusammen, tuschelte und schnitt den kleinen

Simon, der nicht wußte warum. Dem Vater muß man gehorchen, das hatte der Simon schon lange begriffen.
Der Krieg wurde in der Schule jeden Tag aufs Neue ausgetragen, der Pausenplatz war das Schlachtfeld. Ärger noch als die Föntler traf es die Saukommunisten. Von den aufrechten Schweizersöhnen und den Fröntlerjungen gemeinsam verprügelt, suchten sie Zuflucht beim Hausmeister, der ihnen nicht half, der sie an den Ohren nahm und ihnen alle Schuld in die Schuhe schob.

■

Rot, weiß, giftgrün. Sechzig Rappen. Den weißen Streifen mag ich am liebsten. Ich stehe am Kiosk und sage *Napoli.* Alle in der Schule schlecken Napolieis. Das Geld ist für den Füllfederhalter bestimmt. Ich kaufe Eis damit, und Eis ist das Allerschlimmste. Der Zucker kriecht in die Zähne und in die Knochen und die Knochen brechen dann ab, nicht sofort, ein bißchen später. Ich sage der Kioskfrau, daß das Napoli für jemand anders ist, nicht für mich. Sie lächelt und nimmt die sechzig Rappen. Die Kioskfrau kennt vielleicht Mutter oder Vater. Unter einem Haselbusch versteckt, schlecke ich schnell, die Kälte brennt an den Lippen, niemand darf mich sehen.
Ich habe Angst vor dem lieben Gott. Der liebe Gott sieht alles, und wenn ich tot bin, spießt er mich auf eine spitze Gabel und röstet mich wie einen Cervelat über dem Feuer, sagt mein Bruder Paul. Weil ich lüge und stehle. Ich bete jeden Abend, lieber Gott, mach, daß die Mutter nicht stirbt, und, lieber Gott, mach, daß es nie Krieg gibt. Ich weiß nicht, ob er mich hört, er sagt nichts, nie. Manchmal bete ich, lieber Gott, mach, daß Vater fortgeht. So

was darf man nicht beten, sagt jemand in meinem Kopf. Das ist noch schlimmer als lügen und stehlen. In der Nacht träume ich von Eisenbahnzügen. Ich stehe zwischen zwei Gleisen, und gerade als ich gehen will, kommt ein Zug und fährt an mir vorbei, und ein anderer Zug kommt aus der anderen Richtung und fährt auch an mir vorbei, und ich bin zwischen den Zügen gefangen. Sie rumpeln und poltern und wollen gar nicht aufhören mit dem Lärm, bis ich aufwache. Vater steht an meinem Bett und fragt, warum ich so rote Zähne habe, und dann muß ich ihn anhauchen, und er riecht noch nach dem Zähneputzen das rote Himbeernapolieis. Mitten in der Nacht.

■

Nach dem Krieg brannte Brocks Buchenhecke lichterloh. Der alte Brock stand im Nachthemd vor der Haustür, starrte blöde in die Flammen. Seine Arme hingen nutzlos und schlaff neben dem Körper. Während seine Frau Wasser trug und lamentierte und zur Gemeinde gehen wollte, um eine Anzeige zu machen. Der Gemeindepräsident wohnte im Häuschen nebenan, ein Kommunist, von Moskau gesteuert, sagte Simon Brocks Mutter, und der dreckige Kommunist schlief seelenruhig oder stand am Fenster im Dunkeln und lachte sich ins Fäustchen. Die Mutter machte keine Anzeige, sondern grub die verkohlten Stauden aus und pflanzte neue.
In dieser Nacht begann Otto Brocks Ende. Er sprach davon, daß die Deutschen den Krieg ja nun endlich gewonnen hätten. Er sprach davon, bald nach Dresden zu gehen. Was wollte er in Dresden? Um Himmels Willen Otto,

was willst du in Dresden? Arbeiten natürlich, sagte er, 1924 hätten sie ihm eine Stelle angeboten. Die wolle er jetzt annehmen, sagte er, endlich, es sei ja auch Zeit. In Pillnitz oder Wachwitz wohnen, am Elbhang auf jeden Fall, dazu sei er geboren.
In der Zeitung stand, daß die deutschen Städte zerstört seien, vollkommen zerstört. Die Zeitung lag auf dem Küchentisch. Simons Vater schlug mit der Faust auf den Tisch, Verleumdung, schrie er, gemeine Verleumdung, die Kommunisten. Er setzte die Brille auf und nahm einen Schluck aus der grünen Flasche. Die Brille machte seine Augen groß und fischig. Niemand konnte diesen Augen noch trauen. Seine Fantasie hielt die Hoffnung für Wirklichkeit. Die Mutter flüsterte mit den Kindern. Der Vater spinne jetzt. Niemandem etwas erzählen, *niemandem*, hört ihr. Es ging bergab. Simon Brock war fünfzehn Jahre alt. Der Vater trug immer ein Buch mit sich herum, *Der Landsturm*. Er saß auf dem Sofa, die Brille auf der Nase, das Buch davor. Die Augen rutschten immer wieder über den Rand der Brille, und niemand wußte, was sie sahen. Im Rausch, im Wunschtraum. Alma Brock redete auf ihn ein. Sie versuchte, ihm die Realität in den Kopf zu hämmern. Dresden, höhnte sie, in Schutt und Asche, kaputt, hörst du, Hamburg, Berlin, Frankfurt, kaputt, kaputt, kaputt, alles, die Häuser, die Kirchen, die Menschen. Du kannst von Glück reden, daß sie uns nur die Buchenhecke angezündet haben, jawohl. Und jetzt benimm dich anständig, Schluß mit den Faxen. Aber Otto Brock stellte das Radio an und durchs ganze Haus donnerte seine Stimme, die Russen seien zurückgeschlagen, die Ostfront rücke vor und an der Westfront würden die Alliierten rennen wie die Hasen, hört ihr, wie die verdammten Hasen.

Mutter Brock schlug ihren Mann mitten ins Gesicht. Sie schlug mit aller Kraft, zweimal, dreimal, viermal, fünfmal. Die Kinder saßen um den Tisch und warteten aufs Essen. Alma Brock war eine kräftige Frau. Und sie hatte vieles in sich hineingefressen. Und jetzt war es einfach genug. Mehr als genug. Sie verzog keine Miene. Ihr Mann war jetzt ein Kind, das sie nicht wollte. Er saß auf seinem Platz, grauhaarig, den Blick verständnislos auf ihrer Hand. Aus der Nase kam Blut, er wischte es nicht weg. Sie schickte ihn fort vom Tisch. Mit ausgestrecktem Arm wies sie ihm die Tür, vor dem Essen ins Bett, wie er selber oft eins der Kinder fortgeschickt hatte. Zur Strafe. Er stand auf und ging hinaus.

Mit Otto Brock ging es bergab, das war nicht zu übersehen. Er ging ins Schlafzimmer und stellte sich ans Fenster. Schaute hinaus, schaute nach Deutschland und sah nichts, sah, was niemand sonst sah, sah alles falsch. Beide Hände klammerten sich an die grüne Flasche. In der Küche aßen sie und schwiegen. Er hatte keinen Hunger, sowieso keinen Hunger. Beim nächsten Schlag ins Gesicht würde er tot umfallen, das wäre das Beste. Otto Brock sah auf die verregnete Straße hinaus. Jemand fuhr auf einem Fahrrad vorbei. Was wollte er noch vom Leben? Leben genug! In der Kommode lag ein Revolver.

■

Im Rhein steht eine Schweizerfahne aus Eisen. Mitten im Rhein auf einem Felsen, den man nur sieht, wenn der Fluß fast leer ist. Im Sommer. Die Fahne ist verrostet. Sie dreht sich mühsam im Wind und knarrt. Der Rhein ist ein Strom, aber erst in Deutschland. Ein Strom ist ein Fluß, in den alle andern Flüsse hineinfließen und der dann mit all diesen Flüssen ins Meer fließt. Sagt der Lehrer. Ich glaube ihm. Er lügt nicht. Es ist Sommer. Der Fluß ist klein. Wir sehen die Steine. Mein Bruder Paul sagt, du darfst keinen Fuß naß machen, schau, er hüpft von Stein zu Stein. Mein Bruder ist viel größer als ich, und sein zweiter Zeh ist länger als der große Zeh. Wir haben die gleichen Sandalen. Braune Bubensandalen, weil sie billiger sind als Mädchensandalen. Mädchensandalen sind blau oder rot oder gelb und aus Lackleder. Auch meine Zehen sind länger als die Schuhe. Beim Rollschuhlaufen schürfen sie am Boden. Ich stolpere ins Wasser, weil meine Beine zu kurz sind. Paul schreit und lacht. Schwäne schwimmen nah an mir vorbei. Sie fauchen. Sie können mit einem einzigen Flügelschlag Arme brechen, sagt Mutter. So ein Schwan, sagt Paul, zieht dich ins Wasser, setzt sich mitten auf deinen Kopf, bis du ersäufst. Ich verliere fast das Gleichgewicht. Um mich herum schwimmen jetzt fünfhundertunddrei Schwäne. Sie fauchen, sie schlagen mit den Flügeln. Die Strömung macht ihnen nichts aus. Weiter unten kommt der Rheinfall. Wenn man erst mal ins tiefe Wasser getrieben ist, sagt Paul.

■

Simon Brock verließ die Wohnung. Er stieg leise die Treppen hinunter, trat auf die Straße, ging abwärts bis zum See. Das Wasser dümpelte sanft gegen die Ufermauer. Der See ist die Grenze zwischen zwei Ländern. Eine gestrichelte Linie auf der Landkarte. Durchlässig. Schmuggelboote hatten während des Krieges Flüchtlinge gebracht.

Durch den Dreck robben auf der Allmend, die während des Krieges ein Kartoffelacker gewesen ist. Im Dreck liegend anlegen, den Karabiner auf der Gabelstütze. Gelassen das Holzherz anvisieren, Kimme und Korn, innerlich immer ruhiger und erregter zugleich werden. Durchziehen. *Durchziehen*, schreit der Korporal, der Korporal ist hinter ihm. Immer ist er hinter *ihm*. Der Rückstoß schlägt ihm hart gegen die Schulter, den Schuß nimmt er erst als Echo wahr, das Echo verfängt sich in den Ohren der Rekruten. Holz splittert. Zimperlich ist er nicht. Aber es ist, als hätte er nie geschossen, er erschrickt über jeden Schuß von neuem.

Otto, hatte seine Mutter durchs Haus gerufen. Aber sein Vater war fort und die Pistole war fort. Es regnete. Sie gingen nicht hinaus, ihn zu suchen. Am Morgen wurde er in einem Tannenwäldchen gefunden. Ein früher Spaziergänger hatte den Schuß gehört. Otto Brock hatte eine ganze Nacht gebraucht, bis er den Abzug endlich durchgezogen hatte.

Seither verbrachte Brocks Frau die Zeit mit Warten.

Während die Mutter auf den Vater wartete, sah sie die Nachbarn. Sie sah, wer nach Hause kam und wann. Sie sah die Freundinnen der Söhne der Nachbarn, sah, wer ein Auto gekauft hatte, wer ein neues Fahrrad. An keinem der Nachbarn ließ sie ein gutes Haar. Das Wohnzimmer war immer dunkel und viel zu warm. Die Schwestern saßen nebeneinander auf dem Sofa und strickten aus der Wolle ihres Arbeitgebers Socken für Ehemänner, die sie nie haben würden. Die Mutter wollte nicht, daß ihr jemand die Töchter fortnahm. Kein Mann. Auch sonst niemand. Sie wollte nicht allein sein. Die Söhne würden heiraten, die Töchter nicht. Dafür hatte sie gesorgt. Simon

Brock war Thesis Komplize gewesen. Wenn das Thesi den Offizier traf, bezeugte er vor der Mutter, er sei mit seiner Schwester den Rhein hinauf bis zum Lindli und wieder zurück spaziert, stundenlang. Die Schwäne gefüttert, den Enten zugewinkt. Beim zweiten Rendevouz steckte der Offizier dem Thesi einen billigen Ring an den Finger. Und bevor sie sich ein drittes Mal treffen konnten, stand die Mutter vor der *Epa*, um ihre Tochter abzuholen. Das Thesi hatte Pralinen gekauft für den Offizier und die Emma stand neben der Mutter in einer neuen Bluse. Die Bluse war schneeweiß und schloß mit einem Rüschenkragen um den trockenen, faltigen Hals. Sie sah an Thesi vorbei in die Vordergasse, wo gerade das letzte Zipfelchen des Offiziers verschwand. Wie ein Dieb machte er sich davon, ohne einen Blick zurück. Um den, sagte die Mutter, ist es nicht schad'.
Seither hatte das Thesi nicht aufgehört zu weinen.

■

Tante Thesi liegt auf dem Bauch ihres Bruders. Der Bruder liegt auf dem Bauch des Vaters. Die Erde ist schwarz und schwer. Tante Emma weint. Das Grab ist ein Rechteck aus einer immergrünen Hecke. Der Name meiner Tante muß erst noch gemeißelt werden. Es ist jetzt voll, das Grab, sagt Mutter, wer als nächstes stirbt, wird verbrannt, das braucht weniger Platz. Auf dem Weg steht ein Handwagen, Arbeiter laden vermoderte Kränze auf, man hört sie lachen, von weitem. Mein Bruder Paul sagt, daß den Toten das weiße Kleid nur vorneherum angelegt wird. Um Stoff zu sparen. Hinten liegen sie nackt auf dem rauhen Holz, das auch nur außenherum poliert ist. Im Gebüsch hockt eine Katze. Lumpi zerrt an der Leine und bellt. Er zerrt Tante Emma ins Dickicht hinein, sie ruft leise Lumpi, Lumpeli, nicht so schnell, und das Laub vom letzten Jahr raschelt unter ihren Tritten. Vater sagt, der Hund mache mit der Emma, was er wolle, der verdammte Köter, man könne nur hoffen, daß er bald verrecke an seiner Verfettung. Bei dem ganzen Dreck, den sie in das Tier hineinstopfen. Dann geht Vater hinter Emma her und nimmt ihr die Leine aus der Hand. Die Äste haben ihr Striemen ins Gesicht geschnitten. Die Katze ist verschwunden. Tante Emma nimmt den Lumpi auf den Arm und Lumpi leckt ihr übers Gesicht und in den Mund hinein.

■

Vor vier Jahren noch patroullierten Schiffe auf dem Genfer See, bereit, die Schweiz zu verteidigen. Scharfes Geschütz auf das besetzte Frankreich gerichtet. Er wunderte sich, daß nirgends Lichter zu sehen waren. Nicht diesseits und nicht jenseits des Sees. Eben hatte er vom Fenster aus doch Lichter gesehen. Er rauchte viele Zigaretten. Die Glut beruhigte ihn, das Knistern des Papiers beim Ziehen.
Nadine stand vor ihm, in der rechten Hand eine Zigarette. Sie hatte vergessen, sie anzuzünden, *er* hatte es vergessen. Im Dunkeln vor dem Haus an der Rämistaße in Zürich. Der Mantel war ihr von der Schulter gerutscht, das Wollkleid, die Schulter war nackt, schimmerte hell. Sie wartete. Es war kalt. Er sollte etwas tun. Aber was? Er legte seine Hand auf ihre blanke Haut, um sie zu wärmen. Er war nicht erregt, nur verwundert, daß ihre Haut

so weich, so warm und glatt war. Und seine Hände waren rauh vom Lötwasser, schorfig, hart und viel zu schwer. Zu mehr war es nicht gekommen.

■

Alice ist hundert Jahre alt, sagt Mutter. Ihr Körper ist weiß und kalt und voller Narben. Zerbrochen und wieder zusammengeklebt. Unzählige Male. Alice ist aus Langenthal-Porzellan. Auf ihrem Kopf klebt echtes braunes Menschenhaar. Leichenhaar, sagt Mutter, von der Urgroßmutter, die nicht ein einziges graues Haar hatte, als sie mit achtundneunzig Jahren starb. Alice heißt die Puppe schon lange, schon als sie noch auf dem Klavier in Mutters Elternhaus, in der Dorfmühle saß. Jetzt liegt sie neben mir im Bett, ihre Haut wärmt mich nicht. Quer über ihr Gesicht geht eine Narbe. Die Hälften sind verschoben. Das sind die hundert Jahre, sagt Mutter, da zerbricht man ohne Hilfe. Ich nehme sie trotzdem mit ins Bett. Alice trägt ein rotes Wollkleid, und unter dem Kleid, zwischen den Beinen, ist auch nur Porzellan, und die Beine sind in den Körper gesteckt und im Bauch mit einem Gummi verbunden. Wenn man die Beine etwas herauszieht, sieht man den Gummi, und der Gummi ist morsch. Alice kann die Augen verdrehen und mit den Wimpern klimpern. In ihrem Mund stehen zwei schneeweiße Zähne wie Hasenzähne, und mit diesen Zähnen raspelt sie Schokolade und ich nehme sie ihr weg, weil Schokolade Gift für die Knochen und für die Zähne ist. So geht das nicht, sage ich zu ihr und schüttle sie, daß du nachts die Schokolade auspackst und mit dem Silberpapier raschelst und dir das Zeug ins Gesicht schmierst. Bald müssen dir alle Zähne gezogen werden. Andere haben einen Teddybären, ich habe Alice, die friert, immer friert, und wenn ich sie anfasse, schreit sie auf, weil ihr Fleisch so alt ist, daß es zwischen meinen Fingern zerbricht. Ich halte ihr nachts unter der Decke die Hände gefaltet. Sie betet zum lieben Gott für ihre mürben Knochen, weil die Knochen als erstes kaputtgehen vom Zucker in der Schokolade. Nachts streiche ich ihr übers Leichenhaar, das rauh ist und nach Staub riecht. Ich kann mit Alice machen, was ich will. Ich kann ihr die Glieder, den Kopf aus dem Leib ziehen und verrenken, und Alice klappt wie wild mit den Augendeckeln, kann sich nicht wehren und niemand hört sie, weil die Decke ihr alle Schreie nimmt.

■

Sie schliefen noch, als er ging. Ohne Abschied. An der Ecke zur Chaussée de pré fleuri drehte er sich um und schaute zurück. Acht Uhr. Über dem Rhonetal wurde es schon hell. Er sah den Widerschein des frühen Lichts in den Fensterscheiben. Hatte er nicht etwas vergessen, dort oben in der Wohnung unter dem Dach? Er suchte in allen Taschen. Es fehlte nichts. Im Portemonnaie fand er die gefaltete Fotografie von Jean. Sofort fühlte er sein Herz schneller schlagen. Das war nicht recht, das war Diebstahl. Er schnappte nach Luft. Er dachte an seine Mutter.

Morgen um sieben Uhr mußte er in der Fabrik sein. Länger als bis um halb sechs schlief er nie. Um sieben Uhr, Montagmorgen, würden zwei rohe Kannen aus der Treiberei auf seiner Werkbank stehen. Serie Windsor. Für eine Kanne brauchte er zwei Wochen. Die Verzierungen, die Scharniere der Deckel, die Henkel aus Ebenholz. Eine Woche verbrachte er in der Lötkammer ohne Tageslicht, eine Woche feilend an der Werkbank.

Simon Brock hatte sich nie überlegt, was er werden wollte. Er konnte gut zeichnen, war geschickt mit den Händen. Die Mutter hatte für ihn gesorgt. An einem Tag in seinem letzten Schuljahr schickte sie ihn in die Silberwarenfabrik. Er solle dort vorstellig werden. Die Fabrik suchte Lehrlinge, das hatte in der Zeitung gestanden. Alma Brock nahm einen Packen Zeichnungen und ging zur Geschäftsleitung. Der Sohn solle einmal vorbeikommen, hieß es, und so ging er hin. Der Mutter zuliebe.

Simon Brock war auch nach Theodors Tod nicht Mutters Lieblingssohn geworden. Die Mutter hatte Tag und Nacht Hemden für fremde Leute gebügelt und geflickt. Mit dem Geld hatte sie Theodors Studium und Theodors Auto bezahlt. Als Theodor an der Universität in Zürich studierte, war er in einer Studentenverbindung und soff mehr, als daß er studierte. Manchmal kam er betrunken nach Hause in seiner Verbindungskluft, mit dem läppischen Käppi auf dem Kopf und dem Band schräg über der Brust. Die Mutter sah und roch den Suff nicht. Ihre gebückte Gestalt wuchs vor den Augen der Brüder und der Schwestern in eine Gerade, man ahnte plötzlich ihre frühere Schönheit. Sie gingen zusammen spazieren wie ein Liebespaar, die Rosenstraße entlang, hoch zum Galgenbuck. Theodor konnte sich kaum auf den Beinen halten, fluchte grölend den ganzen Weg. Die Mutter grüßte rechts und links Sonntagsspaziergänger, auch den Nachbarn grüßte sie, Saukommunist, verfluchter, der unter seiner Buche im Schatten hockte.

Als Simon Brock in der siebten Klasse war, machte sein

Bruder Theodor das Staatsexamen als Lehrer. Es war Zufall, daß er eine Stelle im Rosenbergschulhaus bekam, daß er zwei Jahre lang Simon Brock unterrichtete. Er mußte Sie zu seinem Bruder sagen. Theodor und er waren schlimmer als Fremde. Der Lehrer Brock war nicht beliebt in der Schule. Er zielte auf Köpfe und schmiß den Schlüsselbund mit Wucht. Besonders gern schmiß er ihn nach seinem kleinen Bruder. Ein geflüstertes Wort genügte, ein Blick aus dem Fenster. Simon Brock hatte eine Narbe an der Stirn, über dem Auge, vom großen Schlüssel zur Tür seines Elternhauses.

■

Vaters Stirnnarbe brennt lichterloh. Das Leichenmahl ist im Restaurant Alpenblick. Die Alpen sieht man nur bei Föhn. Die Tische sind weiß gedeckt, Papiertischtücher, rosa Nelken. Wir haben einen eigenen Tisch, die nahe Verwandschaft, Teller werden hereingetragen, es riecht nach Totenblumen und nach Salami. An der Decke brennen Neonröhren und draußen stehen die Berge zum Greifen nah. Der Föhn zündelt mit Vaters Kopf. Das ist, sagt Mutter, ein gefährliches Wetter. Paul stibitzt eine Salamischeibe vom Teller der Großmutter. Vater schaut zu den Bergen. Jemand stellt einen Teller voller Salami und Aufschnitt und saure Gurken vor mich hin. Auf dem Säntis liegt noch Schnee. Fleisch ist tote Materie, sage ich, pfui, ich will kein Fleisch. Mutter wächst fünf Zentimeter, sie schaut nach rechts und links, hat es jemand gehört? Seht ihr, hört doch, die Kinder sind noch nicht verdorben. Paul schaut mich von der Seite an, Vater streicht mir über den Kopf. Ich will die Flammen in Vaters Kopf löschen.

Das ist gar nicht so einfach, sagt die Kellnerin, das mit dem Salat. Rote Bete und Möhren? fragt Mutter. Sie hat einen ganz kleinen Mund, sie ist schuld, sie hat das Essen bestellt. Und es ist falsch, leider hat man sie ganz falsch verstanden. Vaters Hand liegt noch auf meiner Schulter, sie wird schwer. Großmutter steckt Paul jetzt die Salamischeiben unter dem Tisch zu. Tante Emma füttert Lumpi mit Aufschnitt, und die Wut lodert in Vaters Narbe. Weiter oben am Tisch schütteln sie den Kopf. Paul ist ein Verräter. Paul stößt uns Messer in den Rükken.

■

Simon Brock kannte sich in den Straßen nicht aus. Er ging langsam und nur halb entschlossen den Weg zurück. Sonntägliche Stille, weiter oben in der Stadt läuteten Kirchenglocken. Ein Café linker Hand hatte geöffnet. Es war leer, nur eine Matrone, wahrscheinlich die Wirtin, saß hinter der Scheibe, Zigarette im Mundwinkel wie ein Fuhrknecht. Ihr fetter Kopf nickte ihm zu, als kenne sie ihn seit langem. Er blieb stehen.
Als er die Tür öffnete, schepperte über ihm eine Glocke. Er schrak zusammen. In der Rekrutenschule hatte er so geredet, als hätte er schon mit Frauen geschlafen, mit vielen. Es stank nach altem Rauch und nach billigem Parfüm. In seinem Körper war ein Hunger nach etwas, von dem er nichts wußte oder nichts wissen wollte. Gestern noch war er in Nadine verliebt gewesen. Erst als sie aus Zürich abgereist war, hatte er wirklich begonnen, an sie zu denken. Wenn der Korporal hinter ihm stand, dachte er an Nadine. Ob es eine Verliebtheit war, wußte er nicht.

Seine Mutter hatte am Fenster gewartet, als er von der Rekrutenschule nach Hause kam. Seine Schwestern saßen auf dem Kanapee in der dämmrigen Stube und stopften Strümpfe. Was wußte er? Das Haus war klein und stank bis unters Dach nach diesem Zeug, das sich die Schwestern ständig unter die Nase und auf die Brust schmierten, um endlich besser atmen zu können. Niemand sprach in diesem Haus von Liebe.
So früh am morgen waren keine Gäste zu erwarten. An einem Sonntag. Die Matrone verzog das Gesicht zu etwas, das wohl ein Lächeln sein sollte. Er setzte sich zu ihr. Wie von selbst, legte sich ihre weiche Hand auf seine. Während sie sich weit zu ihm herüberbeugte, um ihn flüsternd zu fragen, was er denn trinken wolle, sah er in den Spalt zwischen ihren üppigen zusammengepreßten Brüsten, sah eine feine Goldkette dazwischen verschwinden, war plötzlich entschloßen, diese Brüste in den nächsten Minuten anzufassen. Er wollte diesen Hunger ein für allemal stillen, wollte endlich wissen, ob er ein Mann war. Sie brachte ihm einen halben Fendant, er stürzte den Wein hinunter wie Wasser, seine Hände waren feucht, sie strich ihm mit ihren fetten Fingern über die Narbe an seiner Stirn. Es war alles selbstverständlich, er fragte nicht, wie sie hieß. Mit ihrer rauhen Stimme rief sie einen Namen. Bernard war ein kaum zehnjähriger Junge mit schönen dunklen Augen. Der sich jetzt wichtig hinter dem Büffet postierte, um auf mögliche Gäste zu warten, während die Matrone mit Simon Brock hinter einer Tür verschwand. Es war eine Abstellkammer. An einer der Wände stand ein Bett, darauf eine grell rosarote Tagesdecke. Um das Bett waren Kartons mit Spirituosen und Wein bis unter die Decke gestapelt, auf dem Boden Kleiderhaufen,

Türme von Aschenbechern, leere Zigarettenschachteln. Es roch penetrant nach Patschuli. Das einzige Fenster war weit oben und ging auf ein Trottoir. Das Haus lag, wie fast alle Häuser in Lausanne, am Hang, und sie beide waren jetzt unter dem Erdboden, in einem Keller, geborgen. Die Federn des Bettes girrten unter dem Gewicht der Frau, sie war schon beinahe nackt, befreite gerade ihre Brüste aus dem Gefängnis des Büstenhalters. Simon Brock war schwindlig, eigentlich wollte er das alles nicht sehen, er spürte den Wein im Magen brennen. Im Dämmer sah er den gewaltigen Körper weiß schimmern, oben im Fenster, auf dem Trottoir, gingen Beine vorbei, Schuhe, kurzes, hartes Stakkato eiliger Schritte. Sie wartete. Er setzte sich aufs Bett. Sie nahm seine Hand und legte sie an ihre Brust. Er wollte nicht, daß sie dachte, es sei für ihn das erste Mal. Vorsichtig streichelte er sie, wog die fleischige Masse in seiner Hand. Sie hatte eine Gänsehaut. Es war kalt im Zimmer, feucht. Sie tastete zwischen seine Beine. Er war froh, daß sie nichts sagte. Langsam ließ er sich auf das Bett sinken, schloß die Augen, endlich schloß er die Augen und war plötzlich ganz woanders. Er war wieder in dem Zimmer unterm Dach, hörte Nadines Lachen, hielt Jean beim Tanz in den Armen, diesen harten sehnigen Körper, roch seinen Schweiß. Sie tanzten wild und laut. Sie nahmen keine Rücksicht. Trrrttttm, tarrraattttam, Samba, Samba. Irgendwo schlugen sie gegen Holz, die draußen, immer wieder, niemand achtete darauf.
Alors, quarante Franc. Sonst sagte sie nichts. Quarante Franc. Sie war schon wieder angezogen.

■

Als Vater meine neue Puppe und Pauls neue Märklin-eisenbahnschiene bezahlen will, fällt etwas aus seinem Portemonnaie.
Mein Bruder Paul sagt, daß meine Puppe wie eine Hure aussieht, weil nur Huren rote Haare haben, und Vater langt ihm eine, mitten ins Gesicht und sagt, solche Wörter wolle er nie mehr hören, nie mehr.
Mutter hebt das Stück Papier auf und faltet es auseinander. Es ist ein Foto. Sie hält es eine Weile in der Hand. Sie bekommt tiefe Falten auf der Stirn. Wer ist das, fragt Mutter, bin ich das? Nein, sagt Vater, niemand. Wir haben doch, sagt sie, keine Geheimnisse voreinander? Wir sind doch eine Familie? Es ist der Tanner, sagt Vater, wenn du es unbedingt wissen willst, auf unserer letzten Motorradtour nach Schottland. Da steht der Tanner im Wind, weil der Tanner da noch stehen kann. Gibt es denn in Schottland Leuchttürme wie in Italien? Wie auf unserer Hochzeitsreise in Italien, in Versilia, fragt Mutter. Mutter weint nicht, aber fast. Vater sagt, sie solle nicht solche Falten auf der Stirn machen, und streicht ihr über die Haare. Ja, sagt er ganz leise, ja, liebe Schatzeli, genau solche Leuchttürme gibt es auch in Schottland, und der Tanner wollte daneben unbedingt fotografiert werden, warum, weiß niemand.

■

Der Tanner fuhr eine Vespa, und eine Vespa ist kein Töff, kein richtiger Töff. Der Tanner, der Spieß und er standen jetzt ganz im Norden von Schottland, in Thurso am Hafen, und sahen auf ein kaltes, graues Wasser hinaus. Es war Ebbe. So hatten sie sich das nicht vorgestellt. Ein

paar verkommene Kutter, ein Rosthaufen von einer Fähre; Orkney Islands, kein Mensch war unterwegs. Sie waren falsch gefahren. In diesem Dingwall falsch abgebogen, rechts statt links. Eigentlich wollten sie an die Westküste, zu den Schlössern. Statt dessen fuhren sie durch ein endloses Hochland, nirgends Bäume, nur Gras, Ginster, ab und zu ein See. Natürlich Schafe. Kein Verkehr. Und immer ging es sanft abwärts. Nordwind fauchte ungehindert über die Ebene, ihnen entgegen, sie duckten sich tief über die Lenker ihrer Maschinen. Naß bis auf die Knochen. Leeres Land und kein Himmel. Als führen sie an ein Ende von etwas. Zu spät merkte Simon Brock, daß sie Richtung Norden statt Westen fuhren. Keiner von ihnen wollte noch umdrehen, den Weg zurückfahren. Und jetzt standen sie in diesem Kaff. Ganz im Norden. Meer zwischen ihnen und dem Pol, mittendrin ein paar Inseln. Und es stank nach Fisch. Es regnete. Sie hatten sich Schottland im Sommer nicht schlimm genug vorgestellt. Nicht einmal der Ginster war gelb. Das war kein Ort, an den man sich hinwünschte.
Er wolle noch heute, sagte Simon Brock, nach Westen weiterfahren, erst dort übernachten, hier gebe es sowieso nichts Anständiges. Wie es denn wäre, fragte der Spieß, wenn man übersetzte auf die Orkneys, das wäre doch mal was. Der Tanner schwieg. Was willst du denn, Tanner, fragte der Spieß, sag du auch mal was. Das Wetter fraß ihm die Worte von den Lippen, und der Tanner schrie, was soll ich? Was sagen, schrie Brock zurück, sollen wir hier bleiben oder weiterfahren? Tanner machte mit der Hand ein Zeichen in die Ferne, also weiterfahren? Tanner nickte.
Sie fanden die Straße ohne Probleme, es war sogar aus-

geschildert, wohin sie führte: Fort Williams. Eine Schotterstraße Richtung Westen. Bald hatten sie die Häuser hinter sich gelassen, sie sahen kaum das Rücklicht der vor ihnen fahrenden Maschine, rechter Hand vermuteten sie das Meer.
Simon Brock freute sich auf ein warmes Zimmer irgendwo, auf ein gemütliches Zimmer mit alten Möbeln und blumenbedruckten Vorhängen. Er hätte später schwören können, daß sie nicht zu schnell gefahren waren. Zwanzig, vielleicht dreißig Stundenkilometer, mehr nicht. Mehr ging nicht. Es stimmte, sie rechneten nicht mit Gegenverkehr. Wahrscheinlich fuhren sie zu weit rechts. Vor ihm war der Tanner mit seiner Vespa. Das Rücklicht ganz schwach in der Dämmerung. Dann war das Rücklicht plötzlich weg, dafür kam ein Schatten rasend schnell auf Simon Brock zu. Er riß die Maschine geistesgegenwärtig nach links, prallte gegen die Böschung. Der Motor hämmerte noch ein paar Sekunden weiter und erstarb. Simon Brock hörte nichts mehr, nicht die Brandung und schon gar nicht den Spieß, der wie ein Irrwisch herumrannte, brüllend, gestikulierend, heulend. Es war dunkel, es regnete nicht mehr, er saß wie ein Toter am Rand der Straße, so vollkommen abgeschnitten von jeder Umwelt.

■

Ich nehme meinem Bruder Paul übel, daß er eine Märklineisenbahn hat. Daß sein Patenonkel vor Weihnachten extra nach Deutschland fährt, um noch mehr Schienen zu kaufen und neue Loks.
Ritas Haar ist störrisch. Es ist aus Nylon und rot und in Löckchen frisiert. Aber Rita ist keine Hure. Du machst die

Eisenbahn kaputt, sagt mein Bruder und schubst mich weg vom Brett.
Paul dreht am Transformator. Die Lok mit der bulligen rot-weißen Nase setzt sich langsam in Bewegung. Zieht fünf Wagen hinter sich her durch die Märklin-Landschaft. Ich darf nicht am Transformator drehen, ich darf nur zuschauen. Natürlich bin ich schuld an allen Unfällen. Mit dem Ärmel zu nah am Gleis oder ein Stückchen Papier auf die Schienen gelegt. Es riecht nach Maschinenöl. In den Wagen brennt Licht. Signale leuchten rot und grün. Jetzt setzt Paul den zweiten Zug in Bewegung. Die kleine Dampflok. Sie ist nicht so schwer und fährt schneller. Mein Bruder will Lokführer werden. Die Weichen kann man mit dem Finger verstellen. Beim Bahnhof fahren die beiden Züge ineinander. Springen aus den Gleisen, fahren über das Bahnhofshäuschen in den Wald hinein. Paul flucht. Hau ab, sagt er, du bist schuld. Ich will aber bleiben. Paul ist vier Jahre älter als ich. Ich mache mich schwer wie ein Stein, halte mich am Tisch fest, ich beiße und strample. Die Türschwelle im Rücken tut weh. Ich bin ein Lumpenbündel. Mit den Füßen tritt er mich zur Tür hinaus. Ich höre, wie er den Schlüssel zweimal umdreht. Dann stehe ich auf und gehe in mein Zimmer, drehe den Schlüssel zweimal und setze mich auf den Teppich. Der Teppich ist blau und schwarz kariert. An manchen Tagen trete ich nicht auf die schwarzen Felder, an anderen Tagen nicht auf die blauen. Der Teppich ist an den Rändern ausgefranst. Er ist alt, er hat schon in vielen Zimmern gelegen.

■

Tief unten im Tal lag der See, im Dunst das jenseitige, das französische Ufer. Ein schöner, ein kalter Tag. Der Zug fuhr durch die Weinberge der Lavaux. Was, wenn er nun gar nicht mehr nach Hause ginge. Wenn er in Zürich einen der Schnellzüge nach Deutschland bestiege, ohne der Mutter Bescheid zu sagen, erst in Hamburg-Altona zum Beispiel den Zug wieder verließe. Oder in Paris. Paris wäre besser, Paris war nicht zerstört. Da drüben saß einer, der ihn ansah. Er merkte es erst jetzt. Im andern Abteil, schräg gegenüber. Ein älterer Herr hielt ein Buch auf den Knien, las nicht, sah zu ihm herüber. Er trug eine Brille und sah über den Rand der Brille hinweg. Und nicht einmal als Simon Brock den Blick einen kurzen Moment lang erwiderte, sah er weg. Was war das? Kannte er diesen Mann? Der Zug hatte die Höhe erreicht und fuhr nun durchs Greyerzer Land, Richtung Bern. Simon Brock hatte Hunger, und Durst, vor allem Durst. Er stand auf und ging hinaus in den Gang, stellte sich auf das Blech zwischen zwei Waggons und steckte sich eine Zigarette an. Seine Hände zitterten. Er hatte mit einer Frau geschlafen, und er hatte dabei an einen Mann gedacht. Sah man ihm das an? Er blickte an sich hinunter. Nichts, seine Kleidung saß tadellos, er war nicht schmutzig, die Schuhe glänzten in sattem Dunkelbraun. Der Zug ratterte über Weichen. Es schlug ihn gegen die Gummiwülste, hin und her. Er versuchte, sich irgendwo festzuhalten. Seine Hände rutschten über das dicke Gummi. Eisen schlug auf Eisen, knirschte, jammerte, stöhnte. Unter sich sah er den Boden rasen, der Schotter vermischte sich mit den Schwellen zu einem endlosen rostbraunen Strom.

■

Die Lebensmüden, sagt Vater, springen von der Eisenbahnbrücke hinunter in den Fluß, kurz vor dem Rheinfall, jede Woche einer, und während der Schneeschmelze zwei.
Paul lehnt sich weit über den Rand der Kanzel. Die Kanzel ist in den Fels direkt neben dem Rheinfall gehauen. Vater muß schreien, um das stürzende Wasser zu übertönen. Mutters Hand hält mich fest. Ich weiß, was mir passieren könnte. Es riecht nach dem Fluß, nach Seegras, nach in der Sonne getrockneten Flußmuscheln. Mutter zerrt an meinem Arm. Der Felsboden der Kanzel ist ein Stück Seife, Wasser sammelt sich unter unseren Füßen. Dein Bruder, sagt Vater, muß die Nase immer zuvorderst haben. Neben Paul macht die Gischt einen kleinen Regenbogen. Mutter hat Angst um das Eisbärfell, aus dem mein Mantel gemacht ist. Der Eisbärfellmantel kneift unter den Armen, und das Fell ist immer zu warm. Du mußt ihn noch, sagt Mutter, tragen in diesem Jahr. Es ist schade sonst. Nur noch dieses Jahr. Auf dem Eisbärfell glitzert Wasserstaub.
Mutter schreit, Paul. Paul, komm weg da, als könne Paul nur schon vom Schauen ins Wasser fallen, und Paul zappelt mit den Armen und mit den Beinen und fällt hin, als Vater ihn vom moosig bewachsenen Geländer wegziehen will. Er liegt naß auf dem Bauch, er will aufstehen und fällt wieder hin.
Am schnellsten geht es während der Schneeschmelze, sagt Vater, im Frühjahr, wenn der Fluß gar nicht weiß, wohin mit all dem Wasser. Sie stehen auf der Brücke und haben sich entschieden. Es zieht sie hinunter, sie freuen sich auf den Sprung, schon Tage vorher. Lange sind sie nicht so fröhlich gewesen wie an diesem letzten Abend.

Mutter schüttelt den Kopf. Hör auf, sagt sie, das ist nichts für Kinder. Aber Vater will nicht aufhören, im Gegenteil. Dann schwimmen sie noch einen Moment im ruhigen See, bis der Sog des fallenden Wassers sie mitreißt. Und dann ist es schnell vorbei, sie werden gegen den Fels geschleudert. Wieder und immer wieder. Manche können aber nicht bis zum Frühjahr warten. Sie springen schon im Winter, wenn der Fluß nur ein Rinnsal ist. Solche haben im Becken unten noch geschrieen, um Hilfe geschrieen. Geschieht ihnen recht, sagt Vater. Feiglinge sind das, verfluchte Feiglinge.
Die Toten findet man im Wehr, im Rechen, flußabwärts, Tage später. Aufgedunsen und mit blassen Wunden am ganzen Körper. Was denen zugestoßen ist, sagt Vater, läßt sich an einer Hand abzählen.

■

Niemand stand am Fenster, als Simon Brock nach Hause kam. Es war gerade Essenszeit, die Straße wie ausgestorben, da und dort sah er eine Gardine zittern.
Er schloß die Tür auf, trat in den Flur. In der Küche brannte kein Licht. Die Mutter war doch nicht etwa ausgegangen? Wo waren die Schwestern? Er trat ins Wohnzimmer und machte Licht. Und erschrak. Auf dem blauschwarz karierten Teppich lag die Mutter. Sie lag auf dem Rücken, der Rock hochgerutscht. Was er denn so blöd herumstehe und glotze, keifte sie ihn an, er solle einen Arzt rufen, sie könne sich nicht mehr bewegen, das sehe er doch. Nur weil er diesem Weibervolk hinterherrennen müsse, habe sie, seine alte Mutter, die Glühbirne selber auswechseln müssen und dabei, ai, habe es im Rücken gezwackt und

da liege sie nun, seit Stunden und Stunden, warum er eigentlich nicht früher komme, sie könnte ja längst tot sein, aber das sei ihm, ihrem Herrn Sohn, ja vollkommen egal. Sie schäme sich vor dem Herrgott, was für eine himmeltraurige Brut sie hochgezogen habe.

Simon Brock sah auf seine Mutter hinunter. Woher wußte sie, daß er eine Frau besucht hatte?

Nie zuvor hatte er bemerkt, wie klein sie war, wie zart. Und wie ihre Schönheit so restlos vergangen war. Warum eigentlich ließ er sie nicht einfach liegen. Machte kehrt, ging zur Tür hinaus, ging zurück zum Bahnhof und stieg endlich in den Zug nach Paris, nach Hamburg-Altona? Nie mehr zurückkommen. Oder warum kniete er sich nicht neben diesen unaufhörlich keifenden Mund, legte sanft ein Kissen darauf und hielt es fest, bis diese schrillen Töne ein für allemal verstummt wären. Stolz war seine Mutter sowieso nur auf den Theodor gewesen. Obwohl es der am allerwenigsten verdient hatte. Es war ein Kissen mit einer gestickten Rose. Thesi hatte es Mutter zu Weihnachten geschenkt. Ob er sie denn eigentlich hier sterben lassen wolle, es würde sie nicht wundern, ganz und gar nicht, es sei eine Schande, wie Kinder heutzutage mit einer alten Mutter umgingen, nur den Röcken hinterherrennen. Simon Brock kniete sich neben seine Mutter. Er nahm ihren Kopf und bettete ihn vorsichtig auf das Kissen. Er löste ihr den Knoten am Hinterkopf, und graues langes Haar breitete sich über das Kissen, über den Teppich. Alles roch nach Vicks.

■

Ida, bist du da drin? Ich zähle gerade die schwarzen Quadrate. An andern Tagen zähle ich die blauen Quadrate.

Nie komme ich auf die gleiche Summe. Ida, mach die Tür auf.

Die Höhle liegt nicht weit vom Schulhaus entfernt. Oft gehe ich am Nachmittag dorthin. Niemand weiß, wo ich bin. Mach die Tür auf, Ida, Mutters Stimme klingt besorgt. Die Höhle ist ein dunkler, feuchter Ort. Ich baue mit Ästen und Blättern winzige Wohnungen in Felsnischen. Vater und Mutter sind Steine, ich bin ein kleinerer Stein, und Freunde habe ich nicht, also sind die noch kleineren Steine Tiere, zum Beispiel Lumpi. Oder manchmal sitze ich nur da und stelle mir vor: wie ich in den hintersten Winkel der Höhle krieche, dorthin, wo es am dunkelsten ist und die Decke fast den Boden berührt. Ich lege mich ganz flach auf den Bauch und schiebe mich in die Spalte hinein. Spinnweben und tropfendes Wasser verkleben mein Haar, und plötzlich hört der Boden vor meinen tastenden Händen auf. Ich fühle weiter unten Stufen, Felsstufen. Langsam ziehe ich meinen Körper durch den Spalt und sitze auf einer Steintreppe, die abwärts führt. Bestimmt hat noch niemand diesen Durchgang gefunden und die Steintreppe ist Milliarden Jahre alt. Ich stelle mir vor, wie ich in der Schulbank sitze, und: *Ida* hat den verschüttet geglaubten Eingang zur Kemserhöhle gefunden, *Ida* ist Höhlenforscherin. Eine Schülerin unserer Klasse hat den Durchgang gefunden. Das Herz ist ein Hammerwerk in meiner Brust. Ich taste mich Stufe um Stufe die glitschige Treppe hinab, eine Biegung, und plötzlich das Plätschern von Wasser. Meine Füße stehen in eisigem Wasser und ich erschrecke und schreie. Der Schrei klatscht an Wände, dröhnt zurück, hin und her. Die ganze Welt müßte den Schrei hören, aber niemand kommt. Ich bin allein. Niemand weiß, wo ich bin. Meine eigene Stimme klingt mit einem Mal ganz tief. Besser schweigen. Ich gehe einen Schritt weiter und stehe wieder im Trockenen. Das Echo macht den Raum groß. Linker Hand ist eine Wand, an der ich mich entlangtaste, wiederum geht es bergab, diesmal ohne Stufen. Plötzlich verliere ich jeden Halt, rutsche auf dem Hosenboden, auf dem Bauch, will mich festhalten, aber da ist keine Wand mehr, nur noch schmieriges Gestein. Gurgeln, Sprudeln, Tosen, Wasser, das durch einen zu engen Durchgang schießt, ich fahre mit dem Wasser abwärts, steil, ich falle, ich werde herumgewirbelt, unter Wasser, über Wasser, stoße an Felsen, und dann spuckt mich die Höhle aus. Ich schwimme in einem fremden See. Aber ich kann gar nicht nicht schwimmen. Ich schreie um Hilfe. Niemand kommt.

Mach auf, sagt Mutter streng. Sie weiß, daß ich hier drin bin. Das ist ja noch schöner, wenn du dich jetzt einschließt. Ja, sage ich und gehe zur Tür, will den Schlüssel drehen, aber es geht nicht. Das Schloß klemmt, oder ich habe zuwenig Kraft. Es geht nicht, ich kann nicht, rufe ich. Mach schon, sagt Mutter. Aber ich weiß nicht mehr, in welche Richtung ich drehen muß. Ich denke, daß ich jetzt für immer hier eingesperrt bin. Bis die Dunkelheit kommt und danach, ohne Lichtspalt zum Einschlafen. Für immer. *Für immer* ist das Schrecklichste, das ich mir vorstellen kann.

Und draußen steht das Italienerhaus. Vater sagt, da drüben wohnt nur Gesindel. Wo die Wäsche auf der Veranda hängt. Ohne Klammern, sagt Mutter, hängen die ihre Wäsche auf. Und alles durcheinander. Nicht weiß zu weiß, wie es eine Ordnung hat. Und Abfall im Garten; schmeißen den Kehricht einfach zum Fenster raus wie in

Italien. Tschingge oder Maserati heißen die Italiener in der Schule und daheim. Zwischen unserem Haus und dem Tschinggehaus ist ein hoher Zaun.
Daß ihr mir nicht, sagt Vater.
Drüben gehen Lichter an. Ich habe Angst. Niemand ist so blöd wie ich. Die Tür zuschließen und nicht mehr aufbekommen. Ich höre Mutter und Paul draußen herumgehen, Paul lacht und Mutter schimpft. Sie warten, bis Vater nach Hause kommt. Ich lege mich aufs Bett zu Alice. Ihr Porzellanbein ist kühl an meiner Wange. Ich nehme Alice in den Arm. Seit hundert Jahren trägt sie ein rotes Wollkleid, und wo das Kleid nicht hinkommt, ist ihr Puppenkörper so kalt wie Vaters Hände und Füße.
Ich brauche, sagt er, unbedingt wärmere Handschuhe. Er hat aber schon die wärmsten Handschuhe, dickes Lammfell, Fausthandschuhe, das Fell nach innen. Mutter kauft Handöfchen für Jäger, die sie ihm in die Handschuhe steckt, zwischen die Wollhandschuhe und die Fellhandschuhe auf den Handrücken.

■

Als sei nichts gewesen, ging Simon Brock am Montag zur Arbeit in die Silberwarenfabrik. Der Pförtner grüßte ihn mit einer geübten Handbewegung und ohne aufzusehen. Der Pförtner las Zeitung. Es war dreißig Sekunden vor sieben Uhr, als er die Karte in die Stechuhr schob. Tschack. Auf dem Weg zu seinem Arbeitsplatz kamen ihm die Frauen entgegen. Die Putzfrau, die Polierfrau, die Sortierfrau. Alle trugen geblümte Kittel. Er sah ihnen in die farblosen Augen, ohne es eigentlich zu wollen, noch nie hatte er diesen Frauen in die Augen gesehen. Und jetzt sah er nichts als eine verregnete Landschaft in diesen Augen. Hinter sich Jahrzehnte von Arbeit in diesem feuchten, immer dämmrigen Gemäuer. Er kam am Mustertisch vorbei. Schneeweißes Tischtuch, darauf die gesamte Kollektion der Firma. Die Serie Windsor und die Serie Regence. Teekannen, Kaffeekannen, Zuckerdosen, Messerbänkchen, Cremier, Heißwasserkanne, Weinkühler. Entenbeißringe für Kinder. Das Tafelsilber wurde jeden Tag von der Polierfrau poliert. Die Wand hinter dem Tisch war mit altrosa Seide tapeziert. In genau acht Monaten würde er das Geld für die BMW zusammen haben. Auf seiner Werkbank standen zwei Kannen. Er hörte Fensterflügel gegeneinanderschlagen. Da hatte doch wieder einer die Fenster aufgerissen, und das hieß Durchzug für ihn. Sie machten es extra, das wußte er. Es war niemand zu sehen. Irgendwo, auch das wußte er, standen sie und lachten, warteten, bis er zum Fenster ging. Stand er im Durchzug, die Füße auf dem kalten Beton, war er am nächsten Tag krank. Er ging zum Fenster und schloß es. Später sagte er nichts zu den Kollegen. Es waren drei, sie arbeiteten an anderen Werkbänken im gleichen Raum. Sie gingen zusammen und kamen zusammen. Immer zu spät. Simon Brock blickte stur auf die Kanne in seiner Hand. Das geformte, rohe, noch unverzierte Stück Silber. Mattglänzend, weißlich. Während der Pause um neun Uhr saßen die Kollegen zusammen mit der Polierfrau und der Sekretärin im Pausenraum und kicherten. Na, Brock, schönes Wochenende gehabt, fragte die Sekretärin. Sie fragte, als ob sie etwas wüßte, als ob sie sich gerade darüber unterhalten hätten, bevor er kam. Er zündete sich eine Zigarette an.

Der Brock ist immer ein stiller Mensch gewesen, sagte die Sekretärin halblaut zu den andern. Der hat uns noch nie was erzählt. Dennoch wußten sie alles. Sie wußten alles über alle Leute und besonders über ihn. Die Sekretärin kannte die Abteilungsleiterin der Haushaltwarenabteilung der *Epa,* und da arbeitete die Emma, und die Emma erzählte gern, was sie wußte oder glaubte zu wissen. So war das. Sie machten sich wichtig mit Neuigkeiten. Es widerte ihn an. Und die Sekretärin hatte es den Kollegen erzählt, und niemand hatte ihn je mit einem Mädchen gesehen. Es wird langsam Zeit, sagte sein Bruder Edgar bei allen möglichen Gelegenheiten.
Gleich halb zehn. Noch eine Minute und dreißig Sekunden. Pause vorbei. Die Kollegen zündeten sich neue Zigaretten an. Die Sekretärin füllte die Kaffeetassen, und sie plauderten munter weiter. Er, Simon Brock, hielt sich an die Regeln, das wußte jeder.

■

Manchmal trägt Vater die Handschuhe auch im Sommer. Manchmal liegt er auf dem Sofa, mitten im Sommer, mit dicken Socken an den Füßen, mit Handschuhen an den Händen. Dann muß Mutter jedes Fenster schließen, weil der Durchzug ihn krank macht.
Mutter sagt, nichts ist besser für den Wärmehaushalt des Körpers als Seide. Aber Vaters Hände wollen nicht warm werden.
Das sind, sagt er, die Wasseradern. Es kommt einer mit der Wünschelrute. Geht mit schweren Schritten von Zimmer zu Zimmer und verkauft uns dann einen Kupferkasten. Der zieht die Strahlung aus dem Schlafzimmer,

sagt der Wünschelrutenmann. Mutter und Vater nicken. Mutter sagt, der Kupferkasten kostet uns die Ferien. Vielleicht müssen wir umziehen, sagt Vater. Wenn das nicht aufhört mit den kalten Händen. Unter unseren Betten laufen Wasseradern. Ganze Wasseraderknoten. Die Wasseradern stehlen Vater die Wärme und Mutter den Schlaf.

Ich sitze im Dunkeln. Schritte kommen die Treppe herauf. Die Stufen knarren, schwere Tritte, ich kenne sie, Vater steigt die Treppe hoch, müde Schritte. Die Wohnungstür geht. Draußen murmeln Stimmen. Er kommt zu meiner Tür. Mach auf, Ida, wenn du nicht sofort ... Ich kann nicht, heule ich, es geht nicht.

Seit einer Ewigkeit ist Nacht.

Jemand klopft von außen an die Fensterscheibe. Die Italiener, denke ich, wer weiß, was die alles können, wie Ameisen krabbeln sie außen am rauhen Putz hoch, steigen zum Fenster rein. Die hält nichts auf, sagt Vater, wenn sie einmal da sind, wird man sie nicht mehr los. Ich schmeiße Alice gegen die Scheibe, das Glas splittert. Ein Loch in der Dunkelheit. Mutter ruft, was war das, schreit, mach's Fenster auf. Ein Mann steigt ins Zimmer. Geht zur Tür. Der Mann sieht nicht wie ein Italiener aus, eher wie ein Feuerwehrmann, er trägt eine Uniform und auf dem Kopf einen gelben Helm. Dreht den Schlüssel um, ganz leicht, ganz ohne Mühe.

Daß wir nicht zur rechten Zeit essen können, ist schlimm. Die hundertjährige Alice liegt unten auf den Steinplatten und ist tot, endgültig, tausend Porzellanscherben um das Totenhaar, und niemand kann sie je wieder zusammenkleben. Ein Glück, sagt Mutter, daß du den Feuerwehrmann nicht getroffen hast. Mein Bruder Paul steht hinter Mutter und sagt, ein Glück, daß du noch die

Hurenritapuppe hast. Mein Bruder Paul ist an allem schuld.

Ich habe gesehen, wie Paul eine von denen da drüben geküßt hat. Eine Tschinggemoore. Manchmal geht er in den Garten von denen, in den Schuppen, der keine Tür mehr hat und in den ich von meinem Zimmer aus hineinsehen kann. Daran hat er nicht gedacht. Die Sonne macht eine helle Ecke ins Innere, und da stehen sie im Sonnenwinkel, mein Bruder viel kleiner als die, und knutschen.

Paul hat, sage ich, mit einer von denen geknutscht. Paul wird ganz bleich im Gesicht.

Der wird einmal wie der Theo, sagt Vater manchmal spätabends zu Mutter im Wohnzimmer, und das ist das Schlimmste für Vater, daß Paul wie Theo werden könnte.

Paul stammelt und Vater sagt nichts, stößt ihn ins Zimmer, daß er mit dem Rücken gegen das Eisenbahnbrett kracht. Vater schließt die Tür von außen zu, während Paul heult und Mutter auch heult und der Feuerwehrmann daneben steht, den Kopf schüttelt und endlich gehen will.

Von jetzt an muß ich mich vor meinem Bruder in acht nehmen.

Ich sage, ich habe gelogen, es stimmt nicht, daß Paul eine von denen geküßt hat. Das Birchermus steht auf dem Tisch. Die geriebenen Äpfel sind schon ganz braun. Vaters Lippen sind schmal und bleich. Ist dir nicht gut, fragt Mutter und wischt sich mit den Händen die Augen. Der wird einmal wie der Theo, sagt Vater leise. Den will ich schon lehren.

Ich verstehe nicht, warum Mutter nicht sieht, daß das Birchermus braun ist, braun wie rostiges Eisen, sie muß gehen und neues Birchermus machen, aber sie setzt sich an den Tisch und nimmt den Löffel.

■

Sie mußten ihm die Finger mit Gewalt öffnen. In den Fäusten Büschel seines eigenen Haars. Um seinen Kopf zerbrochenes Geschirr. An der Stirn blutige Beulen. Noch jetzt wehrte er sich wie ein Tier. Gegen die Schreie stellten sie das Radio an. Er ist jähzornig wie sein Großvater, sagte Alma Brock. Er tut sich selber weh. Die drei Frauen hielten ihn fest, sie brauchten all ihre Kraft dazu. Wie sein Großvater, sagte Alma Brock, der wird einmal schlimmer als sein Großvater.

Wenn sie in der Fabrik die Fenster hinter seinem Rücken aufrissen, wenn sie tuschelten und kicherten. Wenn ihm auf dem Heimweg der Regen in den Kragen lief und der Bus zu spät kam und einer ihm beim Einsteigen absichtlich auf den Fuß trat. Wenn seine Mutter zu Hause am Fenster stand und auf Theo wartete, anstatt Abendbrot zu kochen, und er nirgends, hungrig, etwas zu essen fand, war das einfach zuviel.

Dann waren die Nerven überspannte Saiten und rissen, eine nach der andern. Ein Knall und noch einer und noch einer. Ohrenbetäubend. Das Thesi schluchzte. Er lag auf dem Küchenboden, spürte die Kälte am Rücken. Über ihm Thesis Gesicht. Das Thesi roch aus dem Mund und draußen war Nacht. Er konnte sich an nichts erinnern. Die Haare vom Thesi waren fettig. Hingen ihm ins Gesicht. Er sah das Thesi schluchzen. Sie schauten ihn an wie einen Kranken.

■

In der Nacht fällt Paul aus dem Fenster. Zweiter Stock. Als sie ihn finden, steht sein Bein komisch vom Körper ab. Mutter und Vater tragen ihn hoch. Paul beißt die Zähne zusammen. Das Krankenauto biegt in unsere Straße. An jedem Fenster steht ein Nachbar und gafft. Glück gehabt, sagt der Arzt, nur das Bein gebrochen, und zieht eine Spritze auf. Nein, sagt Vater, dieses Gift wollen wir nicht in unserem Körper. Der soll die Zähne zusammenbeißen. Der Arzt schaut Vater an, und dann schaut er Mutter an, und Mutter weiß nicht, wohin sie soll mit ihren Blicken. Aus dem Fenster gestiegen, sagt Mutter, Jungen in dem Alter ... Der Arzt schweigt. Die zusammengeknüpften Betttücher wehen weiß aus Pauls Zimmerfenster. Ins Krankenhaus, sagt der Arzt. Röntgen und Gipsen. Pauls Augen sind Schlitze. Vater will etwas sagen, aber der Arzt schaut ihn an, wie man einen bösen Hund anschaut, und Vater sagt nichts. Ich will Paul ins Ohr flüstern, daß es mir leid tut; es tut mir leid, Lieber Paul, Lieber ... will ich flüstern, aber Pauls Ohren sind taub, und seine Zähne mahlen unter der Haut. Ich beiße mir innen im Mund aufs Fleisch, auf die Zunge, ich bin schuld an allem, warum bestraft mich keiner? Ich schlucke das Blut hinunter.

■

Die Wunde vom Schlüssel an Simon Brocks Stirn war noch nicht verheilt, als sie mitten in der Nacht an die Tür klopften. Theodor Brock sei tot, sagten sie, habe einen Autounfall gehabt. Er verstand sie nicht recht, dachte, daß sowas nicht sein könne, weil sein Bruder immer mehr Glück hatte, als ihm zustand. Wie bitte? fragte er. Theodor Brock, der sei doch hier wohnhaft gewesen, oder nicht? Seine Mutter kam im Nachthemd die Treppe herunter, ihr vom Schlaf gedunsenes Gesicht war fahl. In der Nachbarschaft gingen die Lichter an. Es tue ihnen leid, sagten die Beamten, aber ihr Herr Bruder und Sohn, Theodor Brock, sei zu schnell gefahren, viel zu schnell. Nicht zum ersten Mal übrigens. Es habe so kommen müssen, wenn man es recht bedenke. Dazu die Wetterverhältnisse. Sein VW-Käfer sei zwischen Benken und Uhwiesen an einem Baum explodiert. Es stünden nicht viele Bäume an dieser Landstraße. Außerdem sei er betrunken gewesen, sagten die Beamten, sonst hätte er wohl keinen der Bäume so haargenau getroffen. Alma Brock stolperte die letzten Stufen herunter, sie machte den Mund auf und zu, sie schnappte nach Luft.

Simon Brock nahm die Hand seiner Mutter. Sein Bruder war tot. Wie wenig leid es ihm tat. Freude wäre zuviel gesagt, er fand es aufregend, an den Tod seines Bruders zu denken, an das zerborstene Auto, irgendwo zwischen Benken und Uhwiesen. Hatte er seine Mutter schon einmal weinen sehen? Ihre Augen waren starr und trocken. Ihre Fingernägel schnitten ihm ins Fleisch. Wie seine Schwestern aufs Sofa gekommen waren, hätte er nicht sagen können. Sie saßen wie zwei verängstigte Vögelchen tief in den Kissen. Es war still in der Wohnstube. Thesi nahm den blauen Vickstopf vom Tisch und strich sich die weißliche Salbe unter die Nase.

Er war nicht allein, sagten die Beamten. Hanna Huber, eine Minderjährige, ob sie, die Mutter, denn nichts gemerkt habe? Simon Brock hatte es vermutet, sie saß in der Schule direkt vor ihm. Rotblondes langes Haar, das sie nur in Theodors Stunden offen trug. Dreckiges Gof,

dreckiges Saugof, schrie Alma Brock. Jetzt wollten die Tränen schon gar nicht kommen.
Simon Brock drückte die Hand seiner Mutter. Sie zog sie weg. Sie trieb die Beamten zur Tür hinaus, sie stieß alle weg, allein wolle sie sein. Die Nachbarn standen hinter den Fensterscheiben. Was gafft ihr so blöd, schrie die Mutter in die Nacht hinaus, habt ihr nichts Besseres zu tun, als blöd zu gaffen? Dann begann es zu schneien. Kalt genug war es schon lange gewesen.

■

Vaters Hand stützt mich am Bauch.
Mach wie ein Frosch, Ida, so, so, so. Weißt du, verdammt nochmal, nicht, wie ein Frosch schwimmt? Meine Finger krallen sich um die Geländerstange der Treppe am Ufer des Flusses. Seegras hat sich um das Metall verfangen, Seegras kitzelt mich am Bauch. Die Strömung zieht mir die Beine fort und die Finger rutschen vom glitschigen Metall der Stange. Es ist früher Sommer, und der Fluß ist groß vom Schmelzwasser aus den Bergen. Vaters Hand unter meinem Bauch. Ich spüre sie zittern. Ich will gar nicht schwimmen lernen. Mir ist kalt. Mein Bruder Paul geht auf dem Weg flußaufwärts und schwimmt hinüber ans andere Ufer. Wo Paul schwimmen gelernt hat, weiß niemand. Im Fluß steht ein Pfahl. Paul läßt sich dagegentreiben, klebt für einen Moment bäuchlings am Holz und wird dann in einen Wirbel gezogen. Das ist gefährlich. Man muß wissen, wie man aus dem Wirbel unten, auf dem Grund, wieder rauskommt. Die Jungen aus meiner Klasse machen das. Sie lassen sich hinunterziehen, schreien, bevor sie untergehen. Es ist eine Mutprobe. Ein

Weidling bricht mitten enzwei, wenn er quer auf den Pfahl trifft.
Ich lege meinen Kopf seitwärts aufs Wasser. Höre das Murmeln der Kiesel auf dem Grund. Schieben und schleifen. Mit dem andern Ohr höre ich die Stimme meines Vaters. Ich könnte loslassen. Mich treiben lassen vom Fluß bis zum Rheinfall. Wenn du die Lungen mit Luft füllst, gehst du nicht unter, hat Vater gesagt. Ich höre auf zu atmen, behalte die Luft in mir drin. So geht das nicht, sagt Vater.
Die Finger klammern, fassen nach, den Kopf drücke ich in den Nacken, der Restkörper sinkt, ist zu schwer, ist zu dumm zum Schwimmen. Mutter konnte noch nie schwimmen, und sie wird es auch nicht mehr lernen, sagt Vater. Aber ich bin noch jung. Ich bin zehn. Ich schäme mich, weil alle in meiner Klasse schon schwimmen können, nur ich nicht. Ich bin vom Schwimmunterricht dispensiert, weil Chlorwasser ganz und gar ungesund ist. Niemand kann von Eltern verlangen, ihr Kind in dieses Giftbad zu schicken; es ist von der Wissenschaft erwiesen, daß Chlor sämtliche Schleimhäute reizt und Schlimmeres womöglich. Mutter würde gerne ins städtische Schwimmbad baden gehen. Wo das Wasser blau ist und geheizt und die Becken nur hüfttief sind. Mutter steht nicht gern im Seegras. Die Kiesel tun ihr unter den Füßen weh. Sie würde im städtischen Schwimmbad auf dem Rasen sitzen; wenn ihr zu warm wäre, stiege sie ins Kinderbecken, um sich die Arme und die Brust über dem Badeanzug zu nässen. Die Mütter meiner Klassenkameraden sitzen im Schwimmbad, sie stricken und plaudern. Tratschen, sagt Vater, die können nichts als tratschen, die dummen Weiber, da gehören wir nicht hin, sagt Vater.

Wie ein Frosch, so, so, so, siehst du! Wie macht ein Frosch? Ich höre Juchzen von der Flußmitte her. Vater will nichts wissen von Schwimmflügeln oder einem Korkgurt, so etwas, sagt er, brauchen wir nicht.

■

Bruder Edgar und Schwägerin Rose hatten Gäste eingeladen. Fondue Neuenburger Art. Edgar kochte gerne und Rösli ist nicht das, was man eine gute Hausfrau nennt, sagte Simon Brocks Mutter, die ist nichts als verwöhnt. Die geht arbeiten, und arbeiten geht heutzutage keine Frau, die nicht muß. Das Rösli ist überhaupt keine Frau, dachte Simon Brock nicht zum ersten Mal, es ist größer als mancher anständige Mann, es hatte zwar zwei Brüste, und was für welche, aber sonst nichts Weibliches, Liebes. Röslis Augen blickten manchmal richtig grantig, zum Fürchten, und vor allem so, als würden sie den ganzen Simon von oben bis unten durchleuchten. Als bliebe ihnen gar nichts verborgen, nicht einmal die allerhintersten Gedanken, die, von denen Simon selber am liebsten nichts wissen wollte. Rösli arbeitete bei der Post in Zürich und nahm Familienvätern die Arbeit weg. Edgar war Goldschmied. Arbeitskollegen waren am Abend zum Essen eingeladen und das Kinderfräulein von Edgars Chef, das Fräulein Sutter. Daß er, Simon, auch einmal unter Menschen komme, sagte Rösli. Und zwinkerte dem Edgar zu.
Der Bruder Edgar kümmerte sich um eine Frau für ihn. Aber der Simon wollte gar keine Frau. Er wollte, er wußte nicht, was er eigentlich wollte. Etwas stimmte nicht in seinem Kopf. War verdreht, falsch gewachsen. Er wußte nicht genau, was und warum. Und deswegen sollte er

vielleicht doch eine Frau wollen. Manchmal war er müde, legte sich, wenn er von der Arbeit kam, hin, wünschte sich, für immer so liegenzubleiben, im Zimmer unter dem Dach der Mutter. Es fehlte ihm etwas. Es fehlte ihm alles. Komm, Simon, Tisch decken, rief Rose aus der Küche, sechs Gedecke, Silberbesteck. Zu Hause mußte er nie Tisch decken, das machten die Schwestern. Bei Edgar war alles anders. Den holt einmal der Teufel, sagte die Mutter, so kann man nicht leben. Rose trug nie Röcke und wollte keine Kinder, aber sie hatte trotzdem einen dicken Bauch, und der Bauch saß direkt unter den Brüsten.
Simon Brock hatte sich vor ein paar Jahren ein Motorrad gekauft. Vier Jahre gespart und dann endlich einen Töff gekauft. Eine Fünfhunderter BMW. Damit fuhr er nach Frankreich und nach Jugoslawien, nach Italien und nach England. Er fuhr, bis das Land aufhörte und ein Meer begann, und da stand er und starrte aufs Wasser hinaus, eine oder zwei Stunden lang, wendete und fuhr zurück. An jedem Wochenende so weit wie möglich von zu Hause fort. Er fuhr in alle Himmelsrichtungen, kam spät am Sonntagabend zurück. Die Mutter stand hinter der Gardine und wartete. Ihre Augen waren rot vor Wut, die sie Angst nannte. Wenn er zur Tür hereinkam, ging sie ohne ein Wort zu Bett. Am nächsten Morgen um sechs stand das Frühstück auf dem Tisch und die Mutter schweigend daneben. Ihre Haare waren sorgfältig über große Bigoudis gezogen, in jedem steckte eine Nadel, und über allem lag ein feines Netz. Die Mutter schwieg die halbe Woche, und wenn sie endlich zu sprechen begann, fuhr Simon Brock wieder fort. Er war der letzte ihrer Söhne, der noch zu Hause wohnte, der jüngste.
Das Motorrad war für Simon Brock alles. Er glaubte, je-

derzeit gehen zu können. Wenn er aber eine Nacht lang gefahren und endlich jedes Land zu Ende war, hatte sich das Meer zurückgezogen. Er ging über feuchten Sand, stieg über Steine, Felsbrocken, schnitt sich die Hände auf an scharfen Kanten. Als wollten die Wasser vor ihm fliehen, wichen sie weiter und weiter zurück, je näher er der Brandung kam. Er dachte an die Mutter zu Hause im Nachthemd am Fenster. Wie sie wartete. Wie sie alle paar Minuten in die Küche ging, um auf die Uhr an der Wand zu schauen. Er sagte sich, daß er, wenn er nur wollte, fortbleiben könnte, hierbleiben könnte, wenn er nur wollte. In einem Tümpel vor seinen Füßen krochen Krebse seitwärts. Langsam drehte er sich um. Er wagte nicht, auf die Flut zu warten. In einem Gasthof am Hafen trank er Kaffee, rauchte drei Zigaretten. Schlimmer als alles für eine Mutter ist, hörte er seine Mutter sagen, eins ihrer Kinder zu verlieren. Auf Simon Brocks Sozius saß das Unglück der Mutter. Die Schiffe im Hafen waren vollzählig, Reling an Reling, rote und grüne und blaue Kutter mit zärtlichen Namen. Abgesplitterte Farbe, blankgescheuertes Metall. An den Wochenenden hatte Simon Brock keine Zeit zum Schlafen. Das Wichtigste war das Fahren, das Hinfahren. Das Zurückfahren sollte man nicht erleben müssen. Kam er endlich nach Hause, sagte er wie zur Entschuldigung, ich habe an dich gedacht. Aber für seine Mutter zählte nur das Hiersein, alles andere nahm sie übel.

Als es klingelte, schickte Rose den Schwager zur Tür. Das Kinderfräulein streckte ihm die Hand und einen Kuchen entgegen. Sie lachte. Ihre Augen strahlten, wenn sie lachte. Selbstgebacken, sagte sie, guten Abend. Rose stellte sie einander vor.

Simon Brock wußte, daß alle auf seine Hochzeit warteten.

Man kann nicht ein Leben lang so leben, wie du lebst, sagte Edgar, sagte die Mutter, sagten die Schwestern und sagte der Spieß und hatte der Tanner gesagt. Wenn sie früher zusammen ins Ausland gefahren waren mit den Motorrädern, hatten die Kameraden die Gedanken ihrer Verlobten im Gepäck. Sie sprachen während der ersten Pausen nur von bevorstehenden Hochzeiten und geplanten Kindern. Als wären ihre Touren nur ein Zeitvertreib, bis endlich das Leben begann. Später, nachdem der Tanner tot war, hatte Simon Brock alle Lust auf Gemeinsamkeiten verloren und wollte nur noch allein fahren, ohne Rücksicht.
Siehst du, was sonst aus dir wird, sagten die Stimmen und meinten den Friedli, der ein armer Tropf ist und ein Perverser. Der unten am Rhein in einer Baracke haust, ganz allein mit dreiundzwanzig Katzen. Jeder kannte den Friedli, der taugein, tagaus mit einem Leiterwagen durch die Stadt zog, Blech und Eisen sammelte und aussah, wie ein ganz und gar verkommener Mensch eben aussieht. Und die Zähne, die beiden gelbgrauen Stummel, waren noch nicht einmal das Schlimmste. Niemand machte sich die Mühe, Worte mit dem Friedli zu wechseln. Man gab ihm die alten Kinderwagengestelle, die verbogenen Kufen der Schlitten schweigend. Und der Friedli bedankte sich umständlich, riß sich die Kappe vom Kopf, verbeugte sich noch, nachdem die Leute ihm längst schon den Rücken zugekehrt hatten.
In Simon Brocks Familie war es nie eine Frage gewesen, was einer im Leben wollte. Sein Vater war Konstrukteur gewesen, und er hatte in der *Kammgarn* Strickmaschinen geölt und repariert. Tag für Tag. Der Gestank von Maschinenöl hockte in allen Hautfalten. Fünf Kinder. Für Simon Brock wurde es höchste Zeit.

Fräulein Sutter klopfte mit ihren Knöcheln dreimal auf das Mosaik in der Platte des Nierentischs, so, hörte er sie sagen, hab ich zu ihnen gesagt, ich bin doch nicht euer Dienstmädchen! Sie erzählte laut und mit empörtem Ausdruck im Gesicht. Sie hatte aschblondes, halblanges Haar und eine Grube im Kinn. Sie roch nach frischgestärkter Wäsche.

Müllerstochter, ein Dorf im Emmental. Zwischen Emme und Röthenbach nichts als Verwandtschaft. Vom Bäcker bis zum Bärenwirt. Jedes Wochenende mußte Elisabeth Sutter im Bären servieren. Eine Beerdigung, eine Hochzeit. Sie durfte essen und trinken, soviel sie wollte, aber eine Bezahlung erhielt sie nie.

Ihr wurde schlecht vom Rauch der Brissagos und Rößlis, und wenn die Herren zu später Stunde schon viel getrunken hatten, wurde noch ein Schnaps und noch einer bestellt, und die Hände der Herren nestelten am Hosenschlitz und die Blicke aus den wulstigen Augen wurden glasig, wenn Elisabeth sich über den Tisch beugte, um die leeren Gläser abzuräumen. Rot färbten sich die Wangen und die Zungen fuhren über die Lippen, wenn sie, aufgestachelt von Alkohol und anzüglichen Witzeleien, begannen, mit ihren Hintern auf den Stühlen zu schaben. Manch eine Hand wußte nicht mehr, wo sie hingehörte, und Elisabeth wich den Tentakeln so unauffällig und geschickt aus, wie sie nur konnte. Einmal, es war nach einer Beerdigung, spät am Nachmittag, draußen wurden gerade die Straßenlampen angezündet. Es muß im Jänner gewesen sein, düster und unerfreulich das Wetter, und so saß noch beinahe die gesamte Trauergesellschaft in der warmen Gaststube beisammen und hob einen Klaren nach dem andern. Man grölte und juchzte immer lauter,

man erzählte sich Geschichten, wie der tote Bänz dies und jenes, man lachte ausgelassen über jede noch so traurige Begebenheit, und Elisabeth bemühte sich, nicht hinzuhören, brachte wendig die gefüllten Gläslein an den großen runden Tisch und räumte die leeren auf ihr Tablett. Sie hatte gerade ein Tablett mit leeren Gläsern gefüllt, balancierte es auf der Linken, in der rechten Hand trug sie, aufeinandergestapelt, vier volle Aschenbecher. Eben hatte sie sich umgewandt und wollte zügigen Schritts Richtung Büffet gehen, schon wieder drei, vier Bestellungen, an die sie zu denken hatte. Da wurde ihr Kopf von einem jähen Ruck zurückgerissen. Das Tablett entglitt ihrer Hand, die Gläslein zersprangen in tausendfachem Klirren am Boden, einen Aschenbecher hielt sie krampfhaft mit der Rechten umklammert. Es war plötzlich totenstill in der Gaststube. Während Elisabeth sich langsam und mit brennendem Gesicht umwandte. Sie sah den Galli Jakob ihre langen aschblonden Zöpfe in den wurstigen Händen halten. Es war totenstill. Elisabeth stand. Und starrte den Galli Jakob an, stand und starrte ihn an. Der Galli Jakob seinerseits sah mit frechen Augen auf ihre Brüste, die sich wenig oberhalb seiner Augen heftig hoben und senkten. Langsam ließ er, ohne den Blick abzuwenden, Elisabeths Zöpfe los. Im gleichen Moment zerbrach die Stille. Ein vielstimmiger Chor von unverschämtem Gelächter hob an, wie von allen Teufeln der Emmentaler Chrachen zum Gespött Elisabeths intoniert, dröhnte und kroch es in jede noch so kleine Ritze, kratzte an den Scheiben, röhrte durch den Kamin in den vorabendlichen Himmel.
Elisabeth senkte den Blick. Rot bis über beide Ohren senkte sie den Blick und murmelte eine Entschuldigung, die

ungehört im Lärm verging. Dann wandte sie sich um, ging zum Büffet, gab die Bestellungen auf, nahm den Handfeger und ein Kehrblech aus dem Schränkchen. Sie ging zu dem Scherbenhaufen, kniete sich hin und begann, alles gewissenhaft zusammenzukehren. Es half ihr niemand.
Am gleichen Abend noch nahm Elisabeth Sutter eine große Schere in die rechte Hand, die Zöpfe in die linke und schnitt sie ab. Sie war neunzehn Jahre alt, und es war auf dem Land Brauch, die Haare erst zu schneiden, wenn die Hochzeit bevorstand.
Die andern Gäste waren gekommen. Sie standen mit einem Glas Weißwein um den Tisch. Rose soll das Rechaud anzünden, schnell, ruft Edgar aus der Küche. Denn beim Fondue muß alles schnell gehen, und wenn der Käse einmal geschmolzen ist, muß einer ständig rühren.

■

Nichts, sagt Vater, ist so schädlich wie Käse. Käse ist säureüberschüssig. Milchprodukte bringen Schleim in die Lunge und Verstopfung in den Darm. Und mit Verstopfung ist nicht zu spaßen, der erste Schritt zum Krebs, sagt Vater. Wo man hinschaut, haben die Leute Krebs. Das ist es eben. Das sind die Zivilisationskrankheiten. Die Leute sind selber schuld. Vater habe Asthma gehabt, sagt Mutter. Auf dem Tisch liegt ein grünes Buch, *Nahrung als Heilmittel.* Niemand wird krank, wenn er sich richtig ernährt. Vaters Asthma ist geheilt wie durch ein Wunder. Genau wie das Asthma von Herrn Müller, der das grüne Buch geschrieben hat. Herr Müller war als Kind schwer krank: herzschwach, lungenschwach, leberschwach, darmschwach und ununterbrochen in ärztlicher Behandlung. Hat sich selber geheilt in eineinhalb Jahren durch vegetarische Ernährung, hat es allen gezeigt. Mit Glück, habe sein Arzt gesagt, werde er dreißig. Sein Arzt habe nicht glauben wollen, daß er geheilt sei, und so wanderte Herr Müller von Zürich aus und im tiefsten Winter in zweieinhalb Tagen über den verschneiten Gotthardpaß bis ins Tessin. Heute ist Herr Müller siebzig Jahre alt und hat sich das Gotthardwandern zur Gewohnheit gemacht. Ein Wunder sei das, sagt Mutter, wie auch bei Vater. Nur noch schneller sei es bei Vater gegangen, ein halbes Jahr. Dennoch hat Vater Angst. Vor jedem möglichen Krebs. Man darf keinen Fehler machen in der Ernährung. Man darf sich nichts zuschulden kommen lassen. Im Handumdrehen nisten Krebse an Orten, die man sich gar nicht vorzustellen wagt.

■

Elisabeth Sutter war von Beruf Kinderpflegerin. Sie pflegte Neugeborene in deren Familien, ein, zwei Monate lang, bis die Hausfrau und Mutter wieder auf den Beinen war. Sie lebte sich in den Häusern schnell und ohne große Schwierigkeiten ein. Elisabeth Sutter strickte, flickte, nähte, putzte, betreute sämtliche Kinder, tröstete die Mütter über ihre Wochenbettdepressionen hinweg, kochte den Ehemännern späte Mahlzeiten, wenn sie von der Arbeit aus den Gerichten kamen, aus den Anwaltskanzleien oder aus den Apotheken.

Sie wusch Windeln und bügelte Hemden. Sie trug während der Arbeit einen fein blau-weiß gestreiften Kittel und eine gestärkte, weiße Haube. Manchmal wollten die frischgebackenen Väter dem Kinderfräulein eine Freude machen. Edgars Chef zum Beispiel schenkte Elisabeth Sutter eine Garnitur Unterwäsche, schwarzseiden und mit St. Galler Spitze verziert. Schöne Ware, das mußte Elisabeth zugeben. Dennoch kündigte sie sofort, ohne Angabe von Gründen, und reiste schon am nächsten Tag nach Gstaad ins Berner Oberland, wo die Frau Lüthi sowieso schon dringend ihre Hilfe brauchte.

In der gleichen Woche brachte der Postbote einen Brief für Elisabeth Sutter. Das ist, dachte sie, kein Brief von zu Hause, die Schrift war ihr fremd. Dann sah sie auf den Poststempel, und wirklich, der Brief war in Schaffhausen abgestempelt. Sie wollte für sich sein, wenn sie ihn öffnete, sie würde damit warten bis zur Zimmerstunde.

Liebes Fräulein Sutter …, Herr Brock fragte höflich an, ob er das Fräulein Sutter besuchen dürfe, am nächsten Sonntag vielleicht?

■

Ich will aber die gelben Schuhe haben! Im Schuhladen steht eine Rutschbahn, vom ersten Stockwerk hinunter zur Kasse kann man rutschen, kleine Teppiche unter dem Hintern. Und ich will unbedingt die gelben Schuhe haben. Vater ist dagegen. Viel zu teuer, sagt er. Die gelben Schuhe drücken vorne und hinten, aber ich sage nichts. Ich beiße die Zähne zusammen. Mutter schaut mich an. Ich rutsche die Rutschbahn runter. Aber gute Qualität, sagt die Verkäuferin. Draußen scheint die Sonne. Wenn es unbedingt will, sagt Mutter. Man kann nicht alles, was man will, sagt Vater. Aber Paul bekommt immer die Schuhe, die er will, sage ich. Weil er vom Sturz ein zu kurzes Bein hat, sagt Mutter, und einen krummen Fuß, deshalb.

Ätsch, sagt Paul und grinst. Das ist gemein, sage ich. Jetzt drückt sie die Tränen raus, sagt Paul und grinst weiter. Also gut, sagt Vater, ausnahmsweise. Ich bekomme einen gelben Luftballon und darf die Schuhe gleich anziehen. Die Schuhe tun weh. Mutter sagt, man kauft Schuhe eben nicht nach dem Kopf. In Gstaad im Berner Oberland, sagt Mutter, mußte ich immer die Schuhe von der Frau Lüthi einlaufen. Jede Woche hat die Madam ein neues Paar Schuhe gekauft, und immer zu klein. Sie haben gedrückt, vorne und hinten. Die Madam war eine verwöhnte Mätz, sagt Vater, er kenne diese Weiber, da brauche ihm niemand etwas zu erzählen. Und daß Mutter sich nicht gewehrt habe, sei, das sei, das habe ihn schon damals furchtbar enttäuscht, jawohl. Mutter sagt nichts.
Wir gehen noch in andere Läden einkaufen. In die *Epa*, ins *Perosa*-Strumpfgeschäft, ins Reformhaus. Im Reformhaus sind meine Füße blutig. Ich verstecke sie unter einem Stuhl. Das Blut läuft über die gelben Lackschuhe. Es sieht schön aus. Es tut weh. Herr Hofer schenkt mir eine Süßholzstange. Ich bin tapfer, ich heule nicht.

■

Mitten in der Nacht fuhr er los, war um acht Uhr schon in Gstaad. Es regnete. Trotz der Frühe wartete sie schon lange. Sie sah ihn von ihrem Zimmerfenster aus kommen, auf der Landstraße durch das Wäldchen fahren, sah einen weißen Sturzhelm. Sie dachte, das müsse er jetzt endlich sein. Elisabeth Sutter, einunddreißig Jahre alt, fand, es sei an der Zeit.
An diesem Tag wurde es kaum richtig hell. Sie gingen spazieren. Sie mieden Wege, kletterten die stotzigen

Hänge hoch, rutschten über nasses Gras. Sie trug ein Kleid und dazu Frau Lüthis neue Wanderschuhe. Sie trug ein Kleid, das lange aus der Mode war, hatte es aufgehoben für einen Tag wie diesen. Die Wanderschuhe waren ihr zu klein, sie versuchte, nicht zu humpeln.
Als sie am Abend zurückkamen, hielten sie sich an den Händen.
Später gingen sie hinunter ins Dorf, in ein Restaurant zum Essen. Es hatte nicht aufgehört zu regnen.
Simon Brock sprach nicht Berndeutsch und nicht Schaffhauserdeutsch. Etwas dazwischen. Seine Mutter, sagte er, sei gebürtig aus Thun. Zu Hause sprächen sie keinen rechten Dialekt, nicht Fisch und nicht Fleisch, und sein Vater habe außerdem ein halbes Hochdeutsch gesprochen. Er lachte wieder. Sein Gesicht strahlte, wenn er lachte, ein fröhlicher Mensch, dachte Elisabeth Sutter, und im nächsten Moment brach wie eine schnelle Nacht unerwarteter Ernst in seine Züge.
Wenn er ihre Augen suchte, senkte sie den Blick auf den Teller. Er nannte sie immer noch Fräulein Sutter. Auf dem Teller lagen Kartoffeln und irgendein Kraut, Fleisch. Elisabeth Sutter hatte keinen rechten Appetit. Er berührte sie am Kinn. Seine Hand zwang ihr Kinn, sich zu heben. Sie sollte ihn anschauen, ihm in die Augen schauen. Das war verwegen. Sie wußte nicht recht, sie erschrak.
Wenn die Mutter ihr auch nicht viel über Männer erzählt hatte, eins aber würde sie nie vergessen: Elisabeth, hatte ihre Mutter mehr als einmal zu ihr gesagt, du darfst es einem Mann niemals zu leicht machen. Er muß kämpfen um dich, und wenn er kämpft, dann ist es der Richtige. Und bleibt er bei dir, auch wenn du nicht gleich alles mit ihm machst, dann heirate ihn.

Es war gut, fand Elisabeth, solche Dinge zu wissen, denn wie sonst wäre es möglich, einen zu finden, der es wirklich ernst meinte. Ein Uneheliches wollte sie nicht, so wie Tante Hermines Tochter, mir nichts, dir nichts, mit achtzehn Jahren schwanger und der Galan über alle Berge. Der Ruf, auch das sagte Elisabeths Mutter, sei das Allerwichtigste für ein Mädchen.
Freitagabend fuhr sie normalerweise nach Hause in die Mühle, ins Emmental, denn Samstag früh wurde sie schon im Bären erwartet; Hochzeit um Hochzeit feierten glückliche Paare im Bären, dazwischen schob der Onkel die eine oder andere Beerdigung. Sie tauschte jedes Wochenende die blau-weiß gestreifte Tracht der Säuglingsschwester gegen die weiße Schürze der Saaltochter, obschon sie sich vorgenommen hatte, nicht mehr das Dienstmädchen zu sein.
Elisabeth Sutter hatte ein Telegramm nach Hause geschickt. Sie bleibe am Wochenende in den Bergen, sie bekomme Besuch. Von einem Herrn. Sie wollten eine Wanderung unternehmen und sich besser kennenlernen.
Die Mutter hatte sofort telefoniert: was sie dem Onkel im Bären jetzt sagen solle und ob sie den Jakobli aus dem Röthenbach vergessen habe. Gallis Jakobli aus dem Röthenbach wäre eine gute Partie; großer Hof, Viehwirtschaft, Ackerwirtschaft und außerdem Schafe, goldprämiert. Gute Kunden der Mühle. Brachten Korn und kauften Futter. Mutter sagte, der Galli, der ist ein Siebesiech, da wärst gut versorgt, Elisabethli.
Aber der Galli stank noch nach Kuhmist, wenn er in den Bären kam, sein Haar stand wie Stroh vom Kopf ab, und wenn er sich am Stammtisch, schon halb besoffen, auf einen der Stühle krachen ließ, konnte er keine fünf Se-

kunden warten, schlug mit der Faust auf den Tisch und krähte mit einer Stimme nach Schnaps, die einem zwölfjährigen Jungen zu gehören schien und nicht einem erwachsenen Mann.
Elisabeth Sutter schluckte eine kleine Übelkeit hinunter und sagte, ja Mutter, nein Mutter, vergessen habe sie den Galli nicht. Aber sie wisse nicht recht, sie, die Mutter, solle sich keine Sorgen machen, es komme schon alles genau so, wie der Herrgott es wolle.

■

Es ist nicht mehr weit, sagt Mutter. Ihre Stimme ist ganz dünn. Mutter hat am rechten Arm Paul und am linken Arm mich. Vater geht vorne. Mutter lügt. Der Bahnhof liegt unten im Tal und wir sind noch da, wo es keine Bäume mehr gibt. Und wir haben nirgends Sonne gefunden. Mutter singt. Sie singt nur, wenn sie nicht weinen will. Dann singt sie laut und falsch Lieder von ganz früher, *Luegit vo Bärge und Tal …*, aus der Zeit, als sie Vater noch nicht gekannt hat. Großvater spielte Akkordeon dazu.
Mutter lächelt und geht schneller. Paul ist still. Paul hat sich den Fuß ein bißchen vertreten. Vater sagt, das ist kein Grund zum Hinunterfahren. Wir wandern neben dem Sessellift. Die Sessel fahren leer durch den Nebel rauf und runter, die Seile sirren, Dohlen sitzen auf den Masten. Es nieselt.
Heute hat Vater sich getäuscht. Wenn es im Flachen regnet, sagt er, dann scheint in den Bergen die Sonne. Dann fährt man mit der Bodensee-Toggenburgbahn nach Neu Sankt Johann, und kurz vor Wattwil taucht der Zug aus der Nebeldecke auf in ein sattes, leuchtendes Herbst-

wetter hinein. Und sobald der Nebel weg ist, ist Vater wie ein umgedrehter Handschuh, sagt Mutter, du bist wie ein umgedrehter Handschuh, sagt sie zu ihm, und er strahlt, Mutter umarmt ihn, und manchmal küssen sie sich dann feucht auf den Mund.

Aber heute sieht man kaum die Hand vor den Augen. Vater sagt Herrgottsakrament, und dann sagt er nichts mehr. Er hofft, daß weiter oben die Sonne wartet, und beginnt zu marschieren. Andere Wanderfamilien gehen ins Restaurant zum Mittagessen, dann fahren sie mit dem Sessellift auf den Berg und nach dem Kaffee wieder hinunter. Sie haben Pellerinen an. Vater will, bevor er etwas essen kann, die Sonne finden. Er halte es sonst nicht mehr aus, sagt er, die ganze Woche in der Fabrik. Er hasse diese verfluchte Fabrik, sagt er.

Ich hasse die Berge, aber ich sage nichts. Vater muß sich am Sonntag erholen von der Arbeit in der Fabrik. Da kann man nichts machen, sagt Mutter. Und Vater will sich nicht allein erholen, sonst ist man, sagt er, keine Familie. Wie bei den andern, sagt er, wo jeder seiner eigenen Wege geht, sowas ist keine richtige Familie, sagt er. Vater verschwindet im Wald, *schwarz und schweiget*, singe ich abends mit Mutter vor dem Einschlafen. Die Tannen tropfen vor Nässe, Vater ist schon weit oben, er dreht sich nicht um. Er wandert, als seien wir schuld an diesem Wetter.

Vater ist nicht mehr zu sehen. Wir könnten jetzt umkehren, talwärts gehen. Oder warten, bis er zurückkommt. Keinen Fuß mehr vor den andern setzen. Wir sind müde. Die Sonne kann uns gestohlen bleiben. Wie früher in Grindelwald, sagt Mutter. Mit dem Sessellift auf die First, hinter der First das Faulhorn, gegenüber Wetterhorn und

Finsterarhorn im letzten Licht. Starke Stricke ziehen uns hinter Vater den Berg hoch und wieder hinunter. Kommt, sagt Mutter, schnell.

■

Ende April 1959 bogen Elisabeth Sutter und Simon Brock auf dem Töff um die letzte Kurve ins Emmentaler Dorf. Auf beiden Seiten steile, mit altem Schnee bedeckte Weidehänge, links die Emme, rechts der Röthenbach. Die Wolken hingen schwer in den Chrachen. Sie waren in Schaffhausen bei schönem Wetter losgefahren, bei warmer Sonne. Elisabeth Sutter hatte beide Arme fest um den Bauch ihres zukünftigen Mannes geschlungen. Es war ihr nicht geheuer, Motorrad zu fahren, und es war ihr nicht geheuer, mit dem fremden Mann in ihr Elternhaus zu kommen. Sie hatten sich gestern abend verlobt. Der Motor des Töffs hämmerte durch die leere Dorfstraße. Man saß beim Mittagessen. Sie waren zu spät, sie hätten vor dem Essen ankommen sollen. Der kleine Bauerngarten vor der Dorfmühle war noch mit Stroh zugedeckt, und auf dem Stroh lag Schnee. Eine Katze verschwand unter dem VW Käfer von Tante Hermine.
Sie nahmen sich bei der Hand. Von der Laube trat man direkt in die Küche. Alle saßen am Tisch, die ganze Verwandtschaft, der Müller an der Stirnseite. Der Tisch war festlich gedeckt. Ein Ausländer, sagte Tante Hermine laut, kommt uns nicht ins Haus. Nicht jeder mit schwarzem Haar ist ein Ausländer, sagte der Müller. Er ist aus der Ostschweiz, sagte die Müllerin, ein Städter. Tante Hermine reckte den Hals. Als wären unsre nicht gut genug. Elisabeth standen die Tränen zuvorderst.

Später machten sie einen Spaziergang. Sie gingen von Verwandtschaft zu Verwandtschaft. Niemand empfing ihren Verlobten mit offenen Armen. Simon Brock wurde mit Mißtrauen begutachtet. Ganz und gar nichts Bäurisches war an ihm. Seine schmale Statur, sein schwarzes, auf der Seite gescheiteltes, nach hinten pomadiertes Haar, das feine Gesicht mit Brille. All diese Äußerlichkeiten bestätigten die Vorurteile der Verwandtschaft; zu nichts zu gebrauchen waren die Städter, verweichlicht und arrogant, ja arrogant, meinten, sie seien etwas Besseres, Silberschmied, ja wozu das denn gut sei, um Himmels Willen, dabei seien es immer noch die Bauern, die dafür sorgten, daß die Städter etwas zwischen die Zähne bekamen. Man hatte es ja gesehen im Krieg.
Und da will die Sutter Elisabeth, die Tochter des Dorfmüllers, so einen Städter heiraten. Der noch dazu aussieht wie ein richtiger Ausländer, wo doch Gallis Jakobli, der Sohn des gößten Bauern im Nachbardorf, auch nicht übel aussieht und mit der Elisabeth früher ein ums andere Mal aufs kurligste geschäkert und gelacht und man sich reihum schon den schönsten Hoffnungen hingegeben hatte. Aber Elisabeth Sutter wollte raus aus dem Dorf. Sie wollte hier, zwischen Tante Hermine und der Mutter, keine Kinder bekommen. Warum sie die Tante Hermine nicht eingezogen hätten während des Krieges, fragte die Mutter. Schlimmer als ein General sei die Tante, herrisch und streitsüchtig. Neidisch, weil wir die Mühle haben und sie nur die Bäckerei. Tante Hermine hatte zwei Töchter, Cecile und Nicole, die meinen, sagte die Mutter, sie seien etwas Besseres, was müssen die französische Namen haben. Kein Kind im Dorf hatte einen französischen Namen. Das gehörte sich nicht. Außerdem

konnte Tante Hermine Auto fahren. Sie hatte einen VW Käfer. Und mitten im Krieg mit den Deutschen hatte man kein deutsches Auto.

■

Einmal im Jahr, wenn Tante Hermine uns besucht, riecht es in unserer Wohnung nach gebratenem Fleisch. Eine Woche nach Ostern kommt sie im Sonntagsstaat und mit übervollen Taschen. Unerwünschte Geschenke. Sie ist eine impertinente Person, sagt Vater, *deine* Verwandtschaft, man sollte sie hochkant. Sie ist die einzige, die uns noch besucht. Einmal im Jahr brät Mutter Fleisch. Für Tante Hermine. An Ostern wird in der Dorfmühle geschlachtet. Schafe und Schweine. Tante Hermine bringt Würste mit und Suppenfleisch und einen Braten. Meringues und Cremeschnitten. Tante Hermine will kein Vogelfutter essen. Gemüse läßt sie sich gerade noch gefallen. Mutter brät mit angehaltenem Atem. Das Küchenfenster steht sperrangelweit offen. Vater wandert währenddessen durch die Wälder. Er wandert sich die Lunge aus dem Leib. Tante Hermine friert. Mutter gibt sich Mühe mit dem Fleisch. Sie kann nicht anders, als sich Mühe geben bei allem, was sie tut. Mein Bruder Paul und ich haben hinterrücks einen Cervelat zugesteckt bekommen. Daß wir keinen Kadaver essen, sollten wir sagen. Die Münder verziehen. Aber wir haben den Cervelat gegessen. Einmal im Jahr Fleisch, sagt Tante Hermine, kann doch nicht schaden. Mutter sagt ja, danke, und Vater kommt kurz vor dem Essen wieder. Sagt, es stinkt nach Kadaver hier, reißt alle Fenster auf. Windstöße fahren in die Gardinen. Tante Hermine sagt, Kind, das ist doch nicht mehr normal, macht um Himmelherrgottswillen die Fenster zu. Mutter fragt, wie viele Hühner Tante Hermine denn jetzt habe und welche Rasse. Mutter fragt, ob die Schneiderin teurer geworden sei und wieviel das Kostüm, das herrliche, gekostet habe. Wie die Geschäfte gingen. Vaters Kiefer mahlen. Tante Hermines Mund plappert Dinge, die Nadeln in Vaters Ohren sind. Die Kinder zumindest, sagt Tante Hermine, sie habe es gerade gesehen, äßen gerne ab und zu einen Cervelat. Fensterflügel schlagen. Sie habe, sagt Vater, schon immer ein dreckiges Mundwerk gehabt. Tante Hermine kaut das Fleisch und lobt die Zartheit. Mutter kann den Stolz nicht verstecken. Geh dorthin zurück, sagt Vater, wo du herkommst. Mutter sagt, laß uns beten und danken. Hermine zischt, dummes Zeug, beten tut man vor dem Essen. Paul schneidet ein Gesicht, das nur ich verstehe. Unsere Bäuche sind voll mit Cervelat. Vaters Narbe an der Stirn ist rot. Mutter sagt, iß, liebe Schatzeli. Tante Hermine sagt, daß die Kinder mit Heißhunger Cervelats äßen, wenn man sie nur ließe, vorhin gerade, er müsse nur mal die Augen aufmachen. Vater steht auf und geht zur Tür hinaus, er geht in den Wald. Ich will mir nicht vorstellen, was er in den Wäldern macht. Du weißt doch, sagt Tante Hermine, heutzutage kann man sich auch scheiden lassen. Mit so einem Grobian verheiratet zu sein, habe das Elisabethli bei Gott nicht verdient. Mutter hat ein Zucken um den Mund. Paul nikkt. Tante Hermine will jetzt gehen. Wenn du Hilfe brauchst, sagt sie, nimmt ihren Mantel, den Hut und die leeren Taschen, dann komm zurück ins Dorf. Mutter geht zum Fenster und winkt, bis der hellblaue VW Käfer in die Hauptstraße eingebogen ist. Die Straßen sind leer, es ist Sonntag. Mutter sitzt schlaff am Tisch im Wohnzimmer. Er ist ein Guter, sagt sie, er trägt das Geld nicht in die Beiz, er raucht nicht und säuft nicht. Sie sitzt den Nachmittag und den halben Abend da, die Hände im Schoß. Bevor sie das mitgebrachte Fleisch und alle Süßigkeiten in den Mülleimer wirft.

■

Den ganzen Tag über war nicht ohne Regenschirme auszukommen gewesen, sosehr man sich schönes Wetter gewünscht hatte für diesen Tag im Juli. In der Kirche war es kühl gewesen, und vor der Kirche, wo die Hochzeitsgäste jetzt standen, fuhr ein giftiger Ostwind unter die Röcke der Damen.

Zwischen den Wolken war manchmal der Hohgant zu sehen. Der Berg leuchtete blendend weiß. Dahinter ein Höllenhimmel, Wolken zerrissen an den scharfen Kanten des Berges, Wolkenwunden. Selbst Schnee hätte niemanden überrascht in diesem Juli. Die Hochzeitsgesellschaft wurde vor der kleinen Kirche zum Fotografieren aneinandergereiht, in der Mitte das Hochzeitspaar. Einmal mit Tanten, einmal mit Geschwistern, dann alle zusammen. Der Pfarrer, unter dem Arm die Bibel, stand etwas abseits. Zuvor hatte er hinter der Kirchenecke eine Zigarette geraucht. Ein Zugezogener, sagte Elisabeths Mutter hinter vorgehaltener Hand, man wisse nicht recht woher, die einen sagten dies, die andern jenes. Mit der Pfeifenhilde wandere er einmal die Woche auf den Hohgant. Wer nie auf den Hohgant steigt, ist ein fauler Siech, wer mehr als einmal auf den Hohgant steigt, ist ein dummer Siech, sagte Tante Hermine. Die Pfeifenhilde war nicht verheiratet, trug Hosen wie ein Mann. Immer schon. Keine, mit der man verkehrte, ein suspektes Frauenzimmer. Immer nur

Bücher lesen. Das ist gegen die Natur, sagte Tante Hermine. Der Pfarrer schüttelte den Brauteltern die Hand. Hermine stand mit ihren Töchtern daneben. Elisabeths Mutter fühlte ihre Blicke und war wieder das Waisenkind aus einem der Höfe weit oben am Hang. Verdingkind, da und dort. Eingeheiratet in die Müllerei. Sowas trug man wie Lumpen am Leib. Was muß diese Hermine, dachte die Brautmutter, immer etwas Besseres sein wollen: eine Schneiderin in Bern, Kleider aus reiner Seide. Sie tuschelten gerade so laut, daß Frau Sutter es hören konnte; armes Lisebethli, armes, ein Büetzer ist noch schlimmer als ein Bauer, und sie schauten zum Hochzeitspaar hinüber. Auch die Elisabeth war noch ein bißchen Verdingkind. Ganz läßt sich sowas, sagte Tante Hermine, nie verleugnen. Dann gingen sie zum cremeweißen VW Käfer mit den cremeweißen Ringen auf den Seiten der Pneus. Hinter der Kirche gurgelte der Mühlenbach. Simon und Elisabeth Brock hielten sich fest an den Händen, die Ringe aus Gold, der Bruder Edgar hatte sie graviert.
Im Bären hatte Elisabeth vor einer Woche noch serviert. Treppauf, treppab, hinüber in die Dependance, thé dansant, Beerdigung, Stammtisch, Weihnachtsfeiern. Die Gäste kamen wie Motten zum Licht, von diesseits und jenseits der Emme, sogar aus Bern. Elisabeth hatte keine Zöpfe mehr. Husch, husch, sagte der Bärenonkel. Bist ein Fleißiges. Verwandtschaftsdienst. Ein bißchen Verdingkind konnte nicht schaden. Die Geschäfte gingen gut.

■

Wir fahren zweimal im Jahr ins Emmental zu Mutters Verwandtschaft, einmal im Sommer und einmal vor

Weihnachten. Wir holen unsere Geschenke ab. Die Lebkuchen dürfen wir immer gleich essen. Auf den Lebkuchen kleben Zuckerbilder. Weiße Bergspitzen, grüne Tannenäste, braune Bärentatzen. Zuckerwerk, Teufelswerk. Der Zucker ist das Beste am Lebkuchen. Aber in diesem Jahr fehlen die Zuckerbilder.
Wasser schießt durch den Kanal der Turbine zu, tief im Innern der Mühle sitzt die Turbine, von der ich mir nicht vorstellen kann, wie sie aussieht. Sie ist Herz und Lunge der Mühle, sagt Großvater, und das Wasser ist schwarz und glatt vor Geschwindigkeit. Der Kanal ist oben vergittert, daß keine Mäuse und Ratten hineinfallen, die dann alles verstopfen und deretwegen man die ganze Welt anhalten muß, um nachzuschauen, was da drin los ist. Aber die Ratten schwimmen manchmal schon vom Teich in den Kanal hinein, können sich an den glatten Wänden dann nicht mehr halten. Früher, auf dem Mühlrad, haben die Ratten nur geklappert, sagt Mutter, von der Turbine werden sie zerhackt. Eine Sauerei ist das, sagt der Großvater. Er war ja nie für die Turbine. Aber die Konkurrenz, die obere Mühle und die Röthenbachmühle. Die modernen Zeiten.
Ich halte mein Gesicht dicht über das Gitter, und meine Augen versuchen im schnellen Wasser einen Halt zu finden. Und ich stelle mir vor, wie man dahinfährt ins Loch, in die Eingeweide der Mühle. Kurz bevor das Wasser in die Dunkelheit fällt, wird es ruhig und glatt. An den Wänden des Kanals wächst auch im Winter Moos. Moosgrün sind die wollenen Kostüme der Tante. Hermine ist ein Soldat, sagt Mutter. Alle haben Angst vor ihr, am allermeisten Großmutter, die früher das schönste Fräulein im ganzen Emmental gewesen sein soll und heute einen Buckel hat

und zu allem und jedem ja und amen sagt. Tante Hermines Hühner sind die schönsten im ganzen Dorf, aber Großmutters Hühner legen die größeren Eier. Aus Großmutters Eiern und Großvaters Mehl werden in Hermines Bäckerei unsere Lebkuchen gebacken.
Und dieses Jahr hat Vater Mutter in die Bäckerei geschickt. Sie solle Lebkuchen ohne Zuckerbilder bestellen. Am besten, hat Vater zu Mutter gesagt, wären gar keine Lebkuchen. Aber man könne es ihnen ja nicht verbieten.
Paul kommt in unser Zimmer. Paul hat nasse Augen und hält in der Hand zerrissenes Geschenkpapier und einen von feinem Plastik überzogenen Lebkuchen. Pauls Gesicht glänzt vor Rotz, und komische Geräusche hüpfen ihm über die Lippen, als er mir meinen Lebkuchen aus der Hand reißt, der noch eingepackt ist, und mit einem einzigen Ruck das Engelpapier wegfetzt. Mein Lebkuchen ist nackt wie seiner, ohne Zuckertännchen, ohne Schneeberge und ganz ohne Bärentatzen.

■

Der Vater drückte seine Tochter an die Müllerbrust. Schon war das Gerücht gegangen, die Elisabeth würde keinen mehr kriegen, mit bald dreißig Jahren. Die meisten heirateten mit zwanzig. Verbanden sich mit einem passenden jungen Mann aus dem gleichen Dorf und vergrößerten damit das elterliche Anwesen, zeugten Kinder, die es gleich halten würden. So war es gewesen, seit Elisabeths Vater denken konnte, und auch schon lange vorher. Die neumodischen Sitten waren nach dem Krieg sogar über Bern hinaus bis ins Emmental gedrungen. Immer mehr Ausländer kamen aus dem Süden, katholische Italiener und Spanier, Jugoslawen und Polen arbeiteten seit neuestem in den Fabriken in Bern, und sogar der Bauer im Röthenbach hatte einen italienischen Knecht eingestellt. Ja, man konnte überhaupt von Glück reden, daß die Elisabeth wenigstens einen Schweizer heiratete, einen Städter zwar, aber es hätte schlimmer kommen können, viel schlimmer.

■

Der silbergraue Vaillant des Großvaters hat vorne eine Sitzbank. Nicht zwei Sitze wie normale Autos, sondern eine richtige Bank, und ich sitze zwischen Großvater und Mutter. Wenn Mutter hinten sitzen muß, wird ihr kotzübel, auch wenn sie nicht aus dem Rückfenster schaut, wenn sie nur schon daran denkt, wie ihr die Straße viel zu schnell unter dem Hinteren wegrutscht, wird ihr einfach übel. Sie sagt, fahre ich selber, ist mir vögeliwohl. Aber sie fährt nie selber. Tante Hermine habe ihr damals die Fahrschule bezahlen wollen. In den Fünfziger Jahren. Das habe Unfrieden gegeben im Dorf, die Geranien vor Großmutters Fenster, rot und üppig, Großmutters ganzer Stolz neben den Hühnern, hätten plötzlich zu serbeln begonnen. Aus heiterem Himmel. Und Großmutter mit ihnen. Hexerei sei im Spiel gewesen. Auf die andere Seite habe man sie ziehen wollen, sagt Mutter, auf die Hermineseite. Die Fahrschule habe dann doch ihr Vater bezahlt, obwohl man nicht so recht habe einsehen wollen, wozu ein Mädchen chauffieren lernen müsse. Sie hätte mit Tante Hermines Käfer fahren dürfen, jederzeit, sie habe ihn dann aber doch nie genommen. So ist Mutter aus der Übung gekommen.

Wenn wir von der Ostschweiz in Mutters Dorf ins Emmental fahren, steigen wir in Langnau aus dem Zug. Großvaters amerikanisches Auto steht auf dem Parkplatz, und Großvater selbst wartet schon auf dem Bahnsteig. Zwischen den Zähnen hat er eine Brissago. Wer sieht ihn zuerst, spielen mein Bruder und ich. Paul sieht ihn immer zuerst. Großvater trägt einen schwarzen Anzug, eine Kravatte und einen Hut. Alles ist ein bißchen mit Mehl bestäubt. Das feine Mehl, sagt Mutter, klebt in der Lunge, im Herzen und sogar am Sonntagsanzug.
In unserem Gepäck ist eine Handmühle, schwer und klobig. Das Mehl muß unmittelbar vor dem Verbrauch gemahlen werden, weil es sonst oxydiert und an Wert verliert. Wir nehmen die Mühle überallhin mit. Sie ist schwer. Vater trägt sie im Rucksack. Vater hat Rückenschmerzen. Wir nehmen auch das Getreide mit. Und Mineralwasser aus dem Reformhaus ohne Kohlensäure zum Ansetzen von Kruschka, ein leicht gärendes Gemisch aus frisch gemahlenem Getreide und Wasser, das man eine Nacht lang stehen lassen muß. Kruschka essen wir zum Frühstück, mit Joghurt oder Früchten.
Das Mehl heutzutage wird von der Kleie befreit, das Wertvollste, sagt Vater, wird an die Tiere verfüttert. Das ist eben die heutige Degeneration der Menschheit, sagt Vater.
Großvaters Gesicht ist schmal und voller tiefer Falten. Seine Augen strahlen. Er schiebt die Brissago vom linken in den rechten Mundwinkel, schüttelt Vater die Hand, nimmt Mutter in die Arme. Mir gibt er einen Kuß mitten auf die Nase. Der Kuß schmeckt nach Tabak und nach Honig.
Wir gehen zum amerikanischen Auto mit dem rot-blauen Fähnchen auf dem Heck, und ich hüpfe und singe ein bißchen, und mein Bruder fragt, wieviel PS der Amerika-

ner habe und wieviel Hubraum, wie viele Zylinder und wie schnell er fahren könne. Vater sitzt hinten.
Dann sind wir schon auf der Brücke hinter Langnau, eine überdachte Holzbrücke über der Ilfis. Die Ilfis ist ein Rinnsal. Die Räder rattern über ausgefahrene Bohlen, der Sitz unter mir knarrt leise, meine Hand liegt auf Großvaters Bein, Vater schweigt.
Vaters Schweigen ist lauter als das Geplapper von Paul, der alles wissen will. Mutter sagt bei jedem Haus am Straßenrand, hier wohnen doch Büttikofers oder Gerbers oder die Tochter von Gallis. Großvater nickt dazu oder brummt Antworten, Neuigkeiten. Und mittendrin das Schweigen von Vater wie eine ansteckende Krankheit.
Vater spricht erst abends vor dem Zubettgehen wieder mit Mutter. Die Wände sind dünn und aus Holz. Er sagt, daß wir das nächste Mal mit dem Postauto fahren. Er wolle auf *die* nicht angewiesen sein, und das sei eine verfluchte Umweltverschmutzung, wenn der Großvater mit dem großen Auto extra nach Langnau komme, um sie abzuholen, wo das Postauto doch sowieso fahre, und überhaupt, er wolle nicht in einem Auto sitzen, in dem geraucht werde, gopfertammi.
In unserem Zimmer hockt das ganze Jahr die Kälte vom Winter, die Bettwäsche ist weiß und klamm. Mein Bruder Paul liegt neben mir auf dem Bauch und liest *Durchs wilde Kurdistan,* im Falz des Buches sammelt sich Heulwasser. Geh weg, zischt mein Bruder, er trifft mit seinem Ellenbogen mein Kinn, geh weg, fleht er und strampelt mit den Beinen, aber ich kann nicht weg, ich liege im selben Bett und ein anderes gibt es nicht.

■

Der silbergraue Vaillant fuhr schnell, blitzte und glänzte in der Sonne. Nicht jeder hatte ein Auto und schon gar nicht ein amerikanisches Auto. Elisabeth und Simon Brock saßen hinten und genossen die Fahrt. Gestern war die Hochzeit gewesen, und heute brachte sie der Müller zurück nach Schaffhausen. Das hatte er sich nicht nehmen lassen. Über die Kühlerhaube spannte sich noch das weiße Schmuckband, ganz vorne, vom Fahrtwind schon zerfleddert, ein kleiner Strauß Rosen. Der Vater paffte eine Brissago nach der andern, und Simon Brock rauchte eine Zigarette nach der andern. Elisabeth hustete ab und zu. Sie kurbelte die Scheibe herunter. Das Auto fuhr mit seinem Schatten um die Wette. Morgen würden sie in den Zug steigen und nach Italien fahren. Morgen, sie und ihr Mann. *Ihr Mann*. Hat jemand etwas dagegen? Man muß nicht immer rumrennen und fragen, ob jemand etwas dagegen hat. Geh, frag Hermine, ob sie etwas dagegen hat. Nein! Schluß damit! Jetzt war strahlendes Wetter. Elisabeth hatte in Bern einen neuen Badeanzug gekauft, extra für Italien. Aber sie konnte nicht schwimmen. Wo hätte sie denn schwimmen lernen sollen? Etwa in der Emme? Oder im Röthenbach? Und vor tieferem Wasser hatte sie Angst. Die Raucherei, dachte sie, würde sie ihrem Mann schon noch austreiben.

■

Wir stehlen niemals zusammen, mein Bruder und ich. Während ich auf der Laube im Klohäuschen sitze, höre ich ihn rascheln. Neben dem Klo steht eine alte Kommode. In der Kommode bewahrt Großmutter die Meringues auf. Schneeweißes Zuckergebäck. Kühl und trocken, da-

mit sie nicht gummig werden. Das Seidenpapier raschelt leise. Ich sehe durch einen Spalt im Holz den dunklen Schopf meines Bruders. Ich weiß, daß seine Finger das Seidenpapier sachte auseinanderziehen, zwei oder drei große Meringues herausnehmen, den Karton wieder verschließen, die Kommode zu, das Gebäck in die Jackentasche, und dann ist er fort. Er sucht sich mit seiner Beute ein sicheres Versteck. Wir suchen uns unterschiedliche Verstecke aus.
Mein Bruder ist unvorsichtig. Er hätte erst so tun müssen, als wolle er aufs Klo, um sicher zu sein, daß niemand drauf sitzt und ihn beobachten kann.
Die Fotos von unserem letzten Besuch im Winter: Stefan, mein Cousin, und Paul im Schnee mit ihren Schlitten. Der Stefan ist bleich im Gesicht. Vom weißen Zucker, sagt Vater, Zucker macht die Knochen hohl. Unsere Kinder, sagt Mutter, wollen so etwas gar nicht essen. Das ist der Beweis, sagt sie, der beste Beweis sind die Kinder, sagt sie. Ein langer Tisch steht in der Küche. Neonlicht. Vanillegelb gekachelte Wände. An Großvaters Fingern frißt die Gicht, sagt Mutter, man sieht's an den Gelenken. Wenn alles aufgetragen ist, Zopf, Salami, Schinken, Käse, Krüge mit warmer Milch, hat der Tisch zwei Enden. Am einen Ende sitzt die Verwandtschaft, die Knechte. Am andern Ende sitzen wir vor einer großen Schüssel Birchermus. Vater schneidet Brot, Schwarzbrot, hart wie Stein. Seine linke Hand preßt den Laib gegen die Brust, die rechte führt das Messer. Wie leicht wäre es, abzurutschen. Die Kraft, mit der das scharfe Brotmesser geführt wird. Seine Adern sind Schnüre unter der Haut. Du brauchst ja eine Axt, lacht Mutter. So ist's eben grade recht, sagt Vater, da hat man auch was zu kauen. Das Brot ist drei Wochen alt.

Er blickt zum andern Ende des Tisches und sagt laut, *en Guete*. Er bietet ihnen Birchermus an. Er fragt, wollt ihr auch einmal etwas Rechtes zu essen?
Du sollst zum Frühstück essen wie ein König, zu Mittag wie ein Bauer und zum Abendbrot wie ein Bettelmann.
Still. Während des Essens spricht man nicht, während des Essens trinkt man nicht. Vater ißt an fremden Tischen, als müsse er etwas beweisen. Er kaut ganz in sich gekehrt, mit offenem Mund, manchmal spritzt Speichel oder Saft von den Früchten weit über den Tisch.

■

Jeden Samstag wachste Alma Brock den derben Tisch in der Küche. Mit feiner Stahlwolle schliff sie erst die Oberfläche glatt, blies den Staub fort und walkte dann eine dünne Schicht Wachs ins Buchenholz. Zum Schluß nahm sie eine Wurzelbürste und polierte die Fläche mit kräftigen kurzen Strichen. Im Streiflicht prüfte Mutter Brock den Glanz.
Es war Kriegswinter zweiundvierzig. Der Simon und die Mädchen waren auf dem Weg zum Kolonialwarenladen, Dosen zurückbringen. Für jede leere Konservendose gab es fünf Rappen.
Das Geld kam in eine Schachtel, auf der *Strom* stand. Für den elektrischen Heizofen. Otto Brock saß neben dem Ofen. Das Ohr nah am Radio und die Hand um den Hals einer grünen Flasche. Vor den Nachrichten spielte Musik, die Tanner-Buebe aus Urnäsch. In der grünen Flasche schwappte eine rote Flüssigkeit. Schöne Farben. Alma Brock schälte kleine Kartoffeln. Im Herbst auf den Feldern gesammelt, Restkartoffeln, vergessene Kartoffeln. Jeden

Tag Kartoffelsuppe, am Sonntag Rösti und eine einzige Wurst für alle. Otto Brock hatte immer Durst. Das muß, sagte er, vom Öl in der Fabrik kommen. Von der trockenen Luft, vom Staub in den Straßen. Man wird ja wohl noch seinen Durst löschen dürfen. Seinen Lohn hatte Otto Brock bei seiner Frau abzuliefern, wehe, drohte sie, es fehlt ein einziger Rappen. Sie ließ ihm nicht mehr als ein Taschengeld. Flink schnitt sie Kartoffeln in die klare Brühe. Der Huber, das Arschloch, sagte Otto Brock, pscht, machte seine Frau und legte einen Finger über die Lippen. Der Huber wohnte hinter der Küchenwand. Er war Stadtpräsident und im Radio sagten sie, er habe einen Besuch in Moskau gemacht. Was hat der in Moskau verloren, fragte Otto Brock, und so etwas darf Stadtpräsident sein. Pscht. Wegen Hubers Frau ist Brocks schöne Tanne im Hintergarten ein Stumpf. Die Nadeln, sagte Hubers Frau, seien eine Zumutung, der Baum müsse gefällt werden. Das Holz hatte einen Winter lang das Brocksche Häuschen geheizt, so gewaltig war die Tanne gewesen.
Wenn Otto Brock nicht trank, war er so still, daß er verlorenging in der großen Familie. Die Suppe kochte auf dem Herd, und Alma Brock deckte den Tisch, weiße Suppenteller, ein einziger blauer, den bekam immer der Theo. Der Theo war etwas Besonderes. Wenn Otto Brock einen Schluck aus dem Veltlinerglas nahm, schloß er die Augen. Seine Hand suchte fahrig nach dem Senderrad und drehte, bis ein Rauschen kam und dann ein anderes Rauschen. Musik, sagte er, wo ist die verdammte Musik.
Die Kinder kommen zurück, sagte Mutter Brock, nimm dich zusammen. Simon streckte der Mutter die Faust entgegen. In der Faust war ein ganzer Franken von zwanzig

leeren Konservendosen. Gib her, sagte die Mutter, in der Hand schon die Stromschachtel. Die Schachtel war leer, das Geld von hundert Konservendosen versoffen. Alma Brock versteckte die Schachtel jeden Tag an einem andern Ort. Auf dem Tisch stand die Schüssel mit Suppe. Daneben ein halber Laib Brot. Schwarzbrot. Das Brotmesser. Sie ging zum Tisch, nahm das Brotmesser und sagte zu ihrem Mann, geh! Mit der andern Hand nahm sie den Laib Schwarzbrot. Zwischen ihren Brüsten schnitt sie dünne Scheiben hartes Brot.

Man hörte die Tür gehen und Alma Brock sprang auf, Theo kommt, der Theo kommt, rief die Mutter, als sei er wochenlang fort gewesen, der Taugenichts. Der Theo geht jetzt aufs Gymnasium, er will Lehrer werden, sagte die Mutter zu den Nachbarn, mit denen sie sonst nie sprach. Theo durfte mit dem Fahrrad fahren, weil er aufs Gymnasium ging, mit dem einzigen Fahrrad durfte er fahren, obwohl jetzt im Krieg Gummimangel herrschte und neue Reifen viel Geld kosteten. Vaters Teil der Suppe bekam Theo.

Ich will, sagte der Theo, ein Auto. Jetzt im Krieg, wollte der ein Auto. Der Schlatter hatte eins und der Bürgi auch. Aber der Vater vom Schlatter war Arzt und der vom Bürgi Autobusunternehmer.

Überhaupt waren die Väter von allen Kommilitonen Mehrbessere. Alma Brock wollte auch ein bißchen etwas Besseres sein. Säße der Vater am Tisch, würde er die Faust auf den Tisch hauen und dann ganz leise sagen, dummes Zeug, wir sind Büetzer. Simon Brock kaute auf seinem Brot herum.

Der Theo, sagte der Vater, ist sowieso nur auf dem Gymnasium, weil er der beste Freund vom Schlatter ist, Vet-

ternwirtschaft. Der Schlatter und der Theo sind beide strohdumm. Die Mutter war stolz, daß der Theo einen Arztsohnfreund hatte.
Die Suppe war wäßrig.
Wir wollen mal schauen wegen dem Auto, sagte die Mutter. Die Nachbarn wären baff, wenn der Theo ein Auto hätte.
Der Vater saß mit seiner grünen Flasche im Schlafzimmer. Er machte das Fenster sperrangelweit auf. Kälte fingerte ins Häuschen, und er merkte es nicht, ihn fror schon lange nicht mehr. Ein Tropf ist der, ein gottverfluchter, keifte die Frau, versäuft das Stromgeld und reißt dann das Fenster auf.

■

Fünfzig Rappen, einen Franken. Nicht zuviel aufs Mal, man merkt es sonst. Alle sitzen im Wohnzimmer der Großmutter, die Vorhänge sind zugezogen, die Tapete hat die Farbe von faulen Pfirsichen. Großmutter hat einen Fernseher und einen Plattenspieler. Wir besuchen Großmutter und die zwei Tanten jeden Freitagabend und schauen *Aktenzeichen xy ungelöst*. Auf dem Couchtisch stehen Porzellantassen mit Pfefferminztee. Auf dem Sofa sitzt Vater, rechts Tante Thesi, links Tante Emma, neben Tante Emma sitzt Mutter und auf Emmas Schoß der Dackel Lumpi. Lumpi ist eine Wurst, sagt Vater, wenn wir allein sind. Großmutter sitzt auf einem eigenen Sessel nah beim Fernseher, Paul und ich sitzen auf dem Boden. Wenn Tante Thesi trinken will, verschüttet sie den Tee. Ihre Hände zittern, ihr Arm zittert und ihr Kopf. Dummes Huhn, sagt Großmutter zu Tante Thesi, weil sie Tee verschüttet. Im Fernseher geht ein Kind von zu Hause fort.

Eine schöne blonde Mutter umarmt das Kind. Die Mutter lächelt und steht am Fenster und winkt und weiß nicht, daß ihr Kind bald tot sein wird. Ich weiß es. Später suchen Männer im Wald mit Hunden nach dem Kind. Die Hunde winseln, und Lumpi kläfft. Das Kind liegt in einem Erdloch und ist klein und nackt und voller Wunden. Wer, fragt Großmutter, tut so was? Tante Thesi schüttelt den Kopf, und ich bin nicht sicher, ob ihr die Krankheit den Kopf schüttelt oder das tote Kind. Mutter sagt, steig nie zu einem Fremden ins Auto, da siehst du, was passiert. Thesis Augen sind ein Sumpf. Lumpi keucht. Vater sagt, Thesi, reiß dich zusammen. Im Fernseher ist jetzt das Bild eines Mannes zu sehen. Er sieht aus wie einer, zu dem man nie ins Auto steigt. Tante Thesi nimmt sich zusammen, ein Speichelfaden hängt ihr übers Kinn, tropft in den Schoß. Es kann einfach nicht aufpassen, sagt die Großmutter, jeden Tag muß man ihm die Kleider wechseln. Ich sage, ich muß aufs Klo. Zuerst gehe ich in die Küche und öffne den Schrank. Im Schrank steht eine Dose mit Würfelzucker. Ich nehme vier Stück und stecke sie mir in den Mund. Dann öffne ich die Schublade im Küchentisch, wo Großmutters Portemonnaie liegt. Fünfzig Rappen, einen Franken, die Geldstücke kommen in die Socken, eins in die linke, eins in die rechte, daß sie nicht klimpern beim Gehen. Ich werde am Montag rote Spaghettilakritze kaufen und zehn Caramel-Carambas. Und in der Pause stehen sie alle um mich herum, Ida hier und Ida dort. Ich verteile alles. Aber in der nächsten Pause sind mir die Süßigkeiten ausgegangen. Dann stehen sie wieder am anderen Ende des Schulhofes. Sie tuscheln und schauen über die Schulter zurück. Sie lachen.

■

Elisabeth Brock sah aus dem Rückfenster. Ihren Kopf stützte sie auf seine Schulter. Wenn sie einmal nach England fahren könnte. Sie wußte nicht recht, warum sie gerade nach England fahren wollte. Rechts und links zogen sich steile Hänge nach oben. Hier war sie aufgewachsen, viel Platz war nicht in den Tälern und viel Sonne auch nicht. Die Bauern an den Nordhängen waren alle schwermütig. Heimweh, dachte sie, würde sie wohl nicht bekommen, aber so richtig froh, von jetzt an in der Ostschweiz zu leben, war sie auch nicht. Dieses Voralpenland sei nichts für ihn, hatte ihr Mann gestern gesagt, nie könne man hier anständig geradeaus gehen, immer ginge es entweder stotzig hoch oder stotzig runter. Vielleicht hatte sie einmal einen englischen Film gesehen. Eigentlich war Elisabeth Brock selten im Kino gewesen. *Vom Winde verweht* in Bern, daran konnte sie sich erinnern. Sie waren jetzt kurz vor Luzern, auf dem See fuhren weiße Schiffe. Simon Brock drückte seine Frau fest an sich. Ihre Augen waren feucht. Er glaubte nicht, daß sie aus Freude weinte. Plötzlich fiel es ihm wie Schuppen von den Augen: Elisabeth wäre lieber im Emmental geblieben, sie hätte viel lieber den Galli geheiratet, Haus und Hof, nicht ihn, Simon Brock, der nichts war und nichts hatte, ein Büetzer. Ein Idiot war er, vollkommen blind. Sie hatte ihn nicht angelogen. Nein, sie wußte wahrscheinlich selber nicht, was sie wirklich wollte. Er hätte es ihr sagen müssen. Und jetzt, jetzt war es zu spät. Sie waren Mann und Frau. Elisabeth Brock sah ihn an, liebe Schatzeli, sagte sie und strich ihm mit der Hand übers Gesicht. Alles sah er plötzlich in einem andern Licht. Höllisch aufpassen mußte er. Der Vater sah konzentriert auf die Straße, und manchmal warf er einen Blick über die Schulter nach hinten und grinste verschlagen.

■

Sie lachen über etwas ganz anderes, sie lachen nicht über mich, sagen alle. Und wenn schon. Jeder hat das Recht zu lachen, worüber er will. Was mir denn eigentlich einfalle, sagt der Lehrer. Raufereien auf dem Schulhof duldet unser Lehrer nicht. Ich habe Haare zwischen den Fingern und Blut unter den Nägeln und Blut auf den Lippen. Das Blut schmeckt nach Metall. In Karins Hand sind Löcher von meinen Zähnen. Sie heult. Sie hat über mich gelacht, sage ich zum Lehrer. Der Lehrer schaut mich an, von oben bis unten. Unten sind braune Bubensandalen und rote, selbstgestrickte Socken bis zu den Knien. Der Rock ist von meiner Tante und der Pullover von meinem Bruder. Ich weiß, der Lehrer denkt daran, daß ich nicht zum Schwimmen gehen darf, weil im Wasser Chlor ist. Daß ich die obligatorischen Fluorpillen nicht essen darf, weil Fluor reines Gift ist. Daß er sich schon immer über unsere Familie gewundert hat, über die Extrawürste.
Karin zeigt mit dem ausgestreckten Finger auf mich und sagt, *die* hat angefangen, *die* fängt immer an. Sie haben laut gelacht und ständig rübergeschaut und gekichert. Ich bin hingegangen und habe ihr mit den Fäusten auf den Kopf gehauen und sie an den Haaren gerissen. Ich dachte, es würde schneller gehen, bis sie tot ist. Aber sie wollte nicht, sie hat sich gewehrt. Ich habe ihr ins Fleisch gebissen und sie gekratzt und geschlagen. Ich dachte, jetzt muß es doch vorbei sein. Aber es war nicht vorbei. Erst als ich ihr auf die Nase gehauen habe, war sie plötz-

lich still. Und dann hat sie doch angefangen zu heulen. Und ich habe zugetreten, nochmal und nochmal.

■

Er schob diese Gedanken weit von sich. Er wollte nie mehr daran denken. Morgen würden sie im Zug nach Italien sitzen. Wir wollen doch ein Kindlein, sagte Elisabeth Brock leise, oder? Der Vaillant machte eine scharfe Kurve. Ein Fuchs, sagte Herr Sutter, ein toter Fuchs.
Es war weit nach Mitternacht, als sie in Schaffhausen ankamen. Die Mutter war mit den Schwestern schon am Nachmittag zurückgefahren. Die Schwestern hatten die feinen Kleider abgelegt und schliefen schon, während die Mutter hinter der Gardine stand. Sie hatte ihr Haar unter einem Frotteeturban verborgen, und ihre Augen waren klein vor Müdigkeit. Nur immer herein, sagte sie, einen Schnaps für den Hans und die Eheleute? Soll ich das wirklich glauben, daß ihr jetzt verheiratet seid? fragte sie und neigte den Kopf. Habe es doch mit meinen eigenen Augen gesehen, wahrhaftig, der Simonli, sei nur ein tapferer Ehemann. Sie wuschelte ihm mit einer Hand im Haar. Elisabeth Brock fror. Im Auto ihres Vaters war gut geheizt gewesen. Sie tranken einen Kirsch und noch einen. Sie waren müde, furchtbar müde. Ihre eigene Wohnung mußten sie erst noch einrichten, und bis dahin durften sie bei der Schwiegermutter wohnen, im kleinen Häuschen, unter einem Dach mit den Schwestern. Elisabeth Brock fror hier nicht zum ersten Mal, erinnerte sie sich jetzt, irgendwo mußte ständig ein Fenster offen stehen, dachte sie, die Heizkörper waren glühend heiß.

■

Eins-zwei-drei … Bis dreißig zählen, Ida, aufs Essen sollst du dich konzentrieren, jeden Gedanken ins Essen hinein, jeden Bissen mindestens dreißig Mal kauen. Nicht reden, zählen. Du bist in der zweiten Klasse, Ida, du kannst mindestens bis dreißig zählen. Mutter hat Sojabohnen gekocht, Salz ist ungesund, knackige Sojabohnen, gut für die Zähne. Schau, Ida, die Geschmacksstoffe werden erst entfaltet, wenn man das Essen richtig einspeichelt, und das Kauen regt die Magensäfte an. Schau, Ida, die Kühe kauen jeden Bissen Gras mindestens hundert Mal. Das hat die Wissenschaft untersucht und der Mensch ist, wie die Kuh, von Natur aus Vegetarier, die Därme sind zu lang für Fleisch. Vater, heute in der Schule … Kauen, Ida. Mutter, da haben sie gewartet. Vater, hinter dem Bushäuschen. Schweig, Ida, iß! Ich darf niemandem erzählen, warum sie auf mich warten. Ich bin gelaufen, die Faust um das Schiffchen aus Plastik, das mir nicht gehört, ein Segelschiffchen, schneeweiß. Sie warten hinter Bäumen, in Hauseingängen. Das Schlucken gelingt mir nicht. Mein Mund ist voll. Das muß gleich zu den Ohren rauskommen. Es kommt zur Nase raus, als Vater mich schüttelt. Mach nicht so ein Theater, sagt er. Ich kann alles mögliche schlucken, Kaugummis, kleine Schiffchen aus weißem Plastik. Nur diesen Sojabohnenbrei nicht. Das Schiffchen gehört meinem Bruder. Ich habe es gestohlen. Und in der Schule gegen einen *Bazooka*-Kaugummi eingetauscht. Nein, nicht getauscht. Den Kaugummi genommen, ohne das Schiffchen zu geben und gerannt, gerannt. Ich habe das Schiffchen geschluckt, bevor sie mich erwischt haben. Einfach in den Mund gesteckt, ich mußte nicht mal würgen, der Mast, ich glaube es war der Mast, hat mich hinten ein wenig gekratzt. Das

Schiffchen ist jetzt in meinem Bauch, und ich habe Angst. Mutter hat so wunderbar gekocht, sagt Vater, wir geben unseren Kindern keinen Dreck zu essen, wie die andern. Alle andern sind *die andern.* Und die andern fressen Dreck. Dreck schmeckt gut.
Ich höre, wie die Sojabohnen knacken in den Mündern von Vater und Mutter. Sie speicheln und kauen und speicheln und Mutter sagt, so, siehst du, nimm dir ein Beispiel. Ich finde es aber eklig, wie der Speichel von Vater und Mutter auf den Tisch tropft und vom Tisch auf den Boden und sie immer weiter kauen und speicheln, und ein Speichelsee wächst über meine Knöchel, über meine Knie und bald ist es zu spät. Ich muß aufstehen und zur Tür gehen und fort, es ist höchste Zeit, aber ich kann nicht … Ich verschlucke mich und kann endlich alles ausspucken. Was auf dem Teller ist, wird aufgegessen, sagt Mutter. Ich hasse mein Gedärm, das für alle guten Sachen viel zu lang ist. Und ich habe Angst, daß mein Bauch das Schiffchen fortverdaut und mein Bruder merkt, daß ich es gestohlen habe. Paul kaut zuwenig. Er kaut nur sieben Mal, schluckt und kaut dann leer weiter. Niemand will die Geschmacksstoffe von Sojabohnen entfaltet haben. Ich sage, Paul kaut nur sieben Mal.

■

Am fünfzehnten Juli 1960 bestiegen Elisabeth und Simon Brock ein Zweitklassabteil der Schweizerischen Bundesbahnen, sie trugen zwei Koffer und eine große Schachtel mit Konfekt. Für unterwegs, hatte Simon Brocks Mutter gesagt, und jetzt stand sie auf dem Bahnsteig mit den zwei Schwestern, Thesi und Emma standen rechts und links ihrer Mutter und lächelten. Auf dem rechteckigen Schild an der Waggonwand stand Napoli. Simon Brock zog das Fenster herunter und streckte seiner Mutter beide Hände entgegen, die Mutter hatte Tränen in den Augen. Die Mutter sagte, macht keine Dummheiten und kommt gesund wieder. Jetzt waren alle Söhne verheiratet. Männer müssen aus dem Haus, Frauen ins Haus hinein. Sie hatten ein ganzes Abteil für sich, die Koffer lagen oben im Gepäcknetz. Der Schaffner hob die Kelle, winkte lässig nach vorne, zum Führerstand hin, und pfiff zweimal. Die Lok zog an, sie rollten langsam aus dem Bahnhof hinaus. Simon Brock lehnte sich weit aus dem Fenster und winkte, bis der Zug um die erste Kurve bog. Zwei Wochen. Sie fuhren zum schiefen Turm von Pisa. Elisabeth hatte schon jetzt Angst, auf den Turm zu steigen, aber wozu, fragte ihr Mann, fährt man denn nach Pisa, wenn man nicht auf den schiefen Turm steigen will. Elisabeth Brock öffnete die Konfektschachtel. Was ist, fragte sie, eigentlich mit den Schwestern los? Hast du schon Hunger, fragte Simon Brock. Für die Hochzeitsreise hatte er seine Spiegelreflexkamera verkauft, geblieben war ihm seine alte Zeiss-Ikon. Kurz vor Zürich begann es zu regnen, die Berge waren nicht zu sehen. Hinter dem Gotthard, sagte Simon Brock, scheint die Sonne, und erst in Italien … Ein Abteil weiter lärmten Schüler. Simon Brock hatte den Arm um die Schultern seiner Frau gelegt und küßte sie auf den Hals. Dann und wann stand er auf, verließ das Abteil, um zu rauchen. Er ging in den schmalen Gang, zog das Fenster einen Spalt breit auf. Draußen glitt eine Wäschereianstalt vorbei, dahinter der Zürichsee, entlang der Gleise ein schmales Band sehr grünen Grases, glänzend, naß. Er war jetzt verheiratet. Niemand konnte ihm mehr nachsagen, er sei nicht ganz normal. Er hatte eine Frau und vielleicht bald eine Familie. Er trug Verantwortung. Auf dem See war ein kleiner Dampfer unterwegs, die *Rapperswil*, weiß und rot. Das jenseitige Ufer, die Goldküste, lag im Dunst, im Regen verborgen. In seinem Kopf drehte sich alles, vielleicht vom Rauchen. Die Elisabeth mochte das Rauchen nicht; es stinke, sagte sie, was nicht abzustreiten war. Auch um das Geld sei es schade. Er hätte nicht die Kamera zu verkaufen brauchen. Er nahm einen tiefen Zug und sah dem Schiff hinterher, bis Bäume ihm die freie Sicht auf den See nahmen. In gewisser Weise war es gut so, er rauchte sowieso zuviel. Kommst du? Sie hatte die Tür aufgemacht und hustete ein bißchen, komm wieder zu mir, sagte sie. Sie aßen das Konfekt, eine Spezialität, Schaffhauser Zungen, süß und klebrig. Zwischen Andermatt und Airolo, mitten im Gotthardtunnel, küssten sie sich das erste Mal auf den Mund. Die Wagenbeleuchtung funzelte ab und zu dazwischen, wenn es hell wurde, hörten sie sofort auf. Hinter dem Gotthardtunnel schien die Sonne. Simon Brock fotografierte seine Frau mit der alten Zeiss-Ikon. Frau Brock saß bequem in den Polstern, den Kopf etwas geneigt, die rechte Schulter hochgezogen, Sonne im Gesicht. Es war nicht einfach, die Distanz einzustellen. Draußen zog die Leventina vorbei, schroffe Weiden, Airolo, Faido, Bellinzona. Frau Brock döste, anstrengend waren die Tage gewesen, die Hochzeit und jetzt mit ihrem Mann auf der ersten Reise ins Ausland; sie hatte die Schweiz noch nie verlassen. Bitte sehr, aber ich müßte zuerst meinen Mann fragen. So stand sie vor dem Spiegel. Vor der Hochzeit. Sie trug ein Hütchen und einen engen, knielangen Rock, moosgrün, unbequem. Selbstbe-

wußt sprach sie mit einer imaginären Tante Hermine oder mit dem Onkel im Bären. Sie sprach mit allen, für die sie das Dienstmädchen gewesen war. Elegant drehte sie dem Spiegel ein bißchen den Rücken zu, sprach über die Schulter zurück, als sei sie gerade am Gehen, sagte, entschuldige Hermine, das Tante ließ sie weg, entschuldige, aber mein Mann und ich, wir machen einen Ausflug an den Genfer See. Abends essen wir im Hotel Palace, da hat *mein Mann* einen Tisch reservieren lassen. Manchmal hatte sie sogar einen französischen Akzent, besonders wenn sie mit Hermine sprach.
Chiasso erreichten sie am Nachmittag. Die Grenze. Sie mußten ihre Koffer öffnen. Simon Brock rauchte. Strähnen seines schwarzen Haars hingen ihm ins Gesicht. Auf den Wangen leuchteten rote Flecken. Vor der Hochzeit hatte er Elisabeth gebeten, sich die Haare kurz zu schneiden. Er rauchte zwei, drei Zigaretten hintereinander am offenen Fenster. Bitte Schatzeli, sagte Elisabeth, sie hustete. Sie hatten noch nicht miteinander geschlafen. Gestern war er zu müde gewesen. Das hatte sie verstanden. In zwei Wochen mußte er wieder in die Fabrik, bis dahin würde er nie mehr allein sein, überhaupt würde er von nun an nie mehr allein sein. Die italienischen Zöllner gruben ihre Finger in die frisch gewaschenen Kleider, suchten nach Schmuggelware, nach Pistolen. Wir sind, sagte Frau Brock, auf der Hochzeitsreise, bitte …
Langsam holperte der Zug über Weichen aus dem Bahnhof und war jetzt in Italien. Elisabeth Brock staunte, als sie durch die Vororte von Chiasso zuckelten. Sie sah von Haus zu Haus gespannte Wäschedrähte, Müll zwischen den Häusern. Sie sah Kinder entlang dem Bahndamm an schwelenden Feuern spielen. So etwas kannte sie nicht.

Eine Lotterwirtschaft war das, da gehörte mal aufgeräumt. Sie rümpfte die Nase. Das richtige Leben war ganz genau andersherum. Sie war zwanzig, in Stellung bei einer Dame in Lugano, drei Kinder. Die Signora, eine Schauspielerin oder Sängerin, mal dies mal jenes, lag bis mittags in ihrem Bett, die Kinder durften nicht einmal flüstern vor ihrer Zimmertür. Sie kamen zu ihr, zu Elisabeth Sutter, die ihnen das Frühstück machte, Brote schmierte, ihnen die Kleider flickte, die Schränke aufräumte. Und das Neugeborene auf dem Arm, das Neugeborene neben sich in der Wiege, nachts, in ihrem Zimmer. Wie eine Mutter. Jeden zweiten Morgen kam ein anderer Mann aus dem Zimmer der Signora. Das Leben brauchte eine Ordnung. Die Kinder kamen immer zu ihr.

Wenn alles gutging, würde sie in neun Monaten ihr eigenes Kind in den Armen halten. Der Zug fuhr durch die Poebene. Nebel hing über dem Boden. Das Land war flach und schmutzig und leer. Simon Brock schauderte. Wenn doch *heute nacht*, dachte er, nur schon vorbei wäre. Elisabeth nahm seine Hand und streichelte sie, als wolle sie ihm eine Angst nehmen, die sie gar nicht kannte. Ihre Kinder warteten im Nirgendwo.

Im Zimmer der *Pension Rosa* in Pisa standen ein großes Bett, ein mickriger Stuhl und eine weißgestrichene Kommode. Aussicht war nicht vorhanden; das einzige Fenster ging auf eine Art Hinterhof, wenigstens war das Zimmer einigermaßen sauber, was wollte man mehr. Elisabeth räumte sofort ihrer beider Kleider in die Kommode, die Zahnbürsten legte sie aufs Waschbecken. Irgendwo schrie eine Katze, es war kurz nach neun. Er war ungeduldig, er ging im Zimmer auf und ab, weil er nichts zu tun hatte, sie wollten gleich essen gehen, er hatte Hunger. Sie nahm ein neues Kleid aus der Schublade, bevor sie es anzog, wollte sie sich noch waschen. Er setzte sich aufs Bett, wartete. Als sie das Kleid anhatte, ein hellblaues, passend zu ihren hellblauen Augen, drehte sie sich vor ihm und fragte, was meinst du? Schön, sagte er, aber jetzt habe er verfluchten Hunger. Herr und Frau Brock, zum ersten Mal als Eheleute, gingen essen. Elisabeth Brock bewegte sich selbstbewußt wie eine Ehefrau, wie eine Frau, deren Vorzüge von einem stattlichen Mann erkannt worden waren. Und sie war im Ausland, weit gereist. Das Restaurant war gefüllt mit Landsleuten. Das war schade, Simon Brock wäre gern unter Fremden gewesen. Elisabeth fing sofort ein Gespräch an, fragte, sowie sie das Schweizerdeutsch der Nachbarn hörte, woher sie denn kämen, aus Bern, das habe sie sich schon gedacht, sie und ihr Mann, sie seien auf der Hochzeitsreise, ja, zwei Wochen, ja, ja, und in Bern sei sie einmal in Stellung gewesen, bei der Familie von Gunten, ob Sie die kennen? Dann stellte sich heraus, daß es in Bern unzählige Familien von Gunten gab und daß ihre Nachbarn ebenfalls auf der Hochzeitsreise waren und noch einige andere Paare im Restaurant. Das fand Elisabeth lustig, und ihr Mann konnte überhaupt nicht verstehen, wie man so was lustig finden konnte. Er redete an dem Abend keine drei Worte mehr.

■

Gopfertammi, das Postauto ist abgefahren, warum müßt ihr denn immer plempern beim Aussteigen, jetzt müssen wir eine Stunde warten auf diesem verfluchten Bahnhof. Wir trotten hinter ihm her zum Wartesaal, schweigend,

kein Wort. Das Wichtigste, ihn jetzt nicht provozieren, nur nicht provozieren, immer diese Hoffnung, daß die Wogen sich glätten.
Ich will jetzt etwas essen, Elisabeth, gib die Brote und ein Rüebli dazu. Mutter schaut hilfesuchend, mich schaut sie an, als könne ich ihr helfen. Kommt das Rüebli endlich? Mutter sucht. Du hast aber nicht etwa die Rüebli vergessen?! Nur das nicht. Mutter sucht, atemlos, die Rüebli, hoffentlich hast du sie nicht vergessen, Mutter, die Rüebli, die Rüebli. Ich sitze ganz still auf der Holzbank im Wartesaal. Starre an die Wände, *Bodenseetoggenburgbahn,* gerahmte Plakate, *Privatbahn.* Im Boden versinken können oder einen Ring haben, der unsichtbar macht. Irgend etwas, lieber Gott, tu etwas! Alle Menschen starren mich an. Ich schaue auf den Boden, versuche so zu tun, als gehöre ich nicht zu denen, fühle die Blicke, mitleidige Blicke. Er ist nicht meine Schuld, dieser Vater, ich kann nichts für diesen Vater, nichts, gar nichts. Seine Stirnnarbe brennt. Du hast sie vergessen, die Rüebli, ich habe dir doch noch extra gesagt, daß du sie einpacken sollst, ich brauche Rohkost vor dem Brot, auf nichts kann man sich verlassen, wozu bist du denn überhaupt da, wenn du nicht einmal die Rüebli einpacken kannst. Sein Gesicht glänzt; butterverschmiert. Grins nicht du Totsch. Mein Gesicht macht, was es will. Er steht auf, kommt auf mich zu, ich quetsche den Kopf zwischen die Schultern, hilft mir denn niemand, alle schauen zu, man mischt sich nicht in fremde Angelegenheiten, *Privatangelegenheiten.* Es gehört sich nicht, die Familie ist heilig, selbst Gott ist gerade anderweitig beschäftigt, dabei bete ich jeden Abend: lieber Gott mach, daß es nie Krieg gibt, lieber Gott, zaubere mich weg von hier, jetzt sofort, bevor es zu

spät ist. Ich schließe die Augen, rechne noch immer mit Hilfe, fühle die harten Finger an meinem Kopf, wie sie ins Haar greifen. Tränen laufen mir über die Wange, ich weine nicht, neinnein, ich denke an meinen Freund Herbert. Ich spiele mit Herbert fangen. Wir laufen um die Kastanie im Schulhof, rund und rund und dann plötzlich andersrum. Wir laufen aufeinander zu, prallen zusammen, er hält mich, daß ich nicht falle und ich halte ihn, daß er nicht fällt, und wir lachen, bis die Pausenglocke läutet. Herberts Haar ist dunkel und steif wie Stroh. Er sagt, ich bin Pilot und Schiffskapitän, und er hüpft um das Loch im Boden, in dem die Kastanie steht. Er sagt, hier, schau mal Ida, stell dir vor, hier geht's runter, bis zur Mitte der Erde, und ich muß versuchen, nicht runterzufallen ins tiefe Loch, und wenn ich das Gleichgewicht verliere, hält er mich fest, und ich rieche in seinem Haar den Kuhstall. Vater meint es gut, sagt Mutter, er meint es nur gut, und Herbert ist nicht mehr mein Freund, weil wir vor einem Monat umgezogen sind. Ans andere Ende der Stadt.

■

Erst am dritten Tag stiegen sie auf den schiefen Turm von Pisa. Es war windig und kühl, und Frau Brock hielt sich an Herrn Brock fest, und so stiegen sie hinauf und dann wieder hinunter. Er könnte, sagte sie, jeden Moment umfallen. Ein kleines Erdbeben oder ein großer Wind, und schon fällt er um. Anders kann man sich das gar nicht vorstellen. Dann hätte deine Mutter noch einen Sohn verloren. Blödsinn, sagte Simon Brock. Es war nicht so, daß er nicht verliebt gewesen wäre, im Gegenteil, er zweifelte nicht daran, verliebt zu sein. Er schätzte Elisabeths einfa-

che Art, manchmal war sie ihm ein bißchen zu fröhlich, zu leutselig. Das irritierte ihn.
Am vierten Tag nahm der Wind zu. Sie fuhren mit dem Zug nach Livorno, gingen am Hafen spazieren. Sie fuhren in jeden Hafen bis hoch nach Cinque Terre. Er wolle, sagte ihr Mann, alles sehen, die Küste, besonders die Häfen. In Versilia mußte sich Elisabeth Brock vor das Meer stellen, und ihr Mann fotografierte sie. Ihr kurzes Haar stand zu Berge, die Hose flatterte wie ein zerfetztes Segel. Sie versuchte eine gute Figur zu machen, gab sich wirklich Mühe. Dennoch stand sie verloren auf dieser Mole, die Hände auf dem Rücken, etwas schräg gegen den Wind, fühlte sich verlassen plötzlich, sie wußte nicht, warum. Simon Brock knipste. Seine Ohren waren taub.
Sonst ließ sich Elisabeth Brock gerne fotografieren. Jetzt nicht. Es war genug. Es würden keine schönen Bilder werden.
In der Nacht schliefen sie miteinander. Lautlos und im Dunkeln. Im Innenhof schepperten die Mülltonnen, ein Ventilator lief gleichmäßig brummend, und aus dem Restaurant drang laute Musik. Daran erinnerte er sich. Und an den schnellen Atem seiner Frau, an den Geruch von Chlorbleiche aus den Laken. Die Erregung seiner Frau war ihm peinlich gewesen. Später, als Elisabeth sich auf die Seite drehte, die Lampe anknipste und dann ruhig atmend dalag, schämte er sich. Schritte schlurften über den Hof. Halb schon träumend, griff er nach dem alt gewordenen Gesicht seiner Mutter. Grub seine Finger in die fleischigen Kerben. Sie schrie, er packte fester zu. Es war falsch, es war gar nicht das Gesicht seiner Mutter, sah nur so aus, in seinem Kopf, hinter geschlossenen Lidern. Dann saß er mit seiner Schwester Thesi am Rhein, im

Scharen. Sie waren mit dem Faltboot den Rhein aufwärts gefahren, gegen die Strömung im Frühjahr. Thesi saß vorn, und er sah ihre Schultern zucken und wußte, daß sie weinte. Das Thesi ließ sich vollkommen gehen. Es wäre warm genug gewesen, um zu baden. Sie saßen am Rhein, und Simon Brock legte den Arm um ihre Schultern. Alles an ihr war weich und schlaff. Die Mutter erlaubte nichts. Wohin soll ich, fragte Thesi, wenn nicht zu Hause bleiben? Kriegsgefangene standen an einer Mauer: die Hände erhoben, vor ihnen russische Soldaten, die Gewehre im Anschlag. Einer der Gefangenen hatte das Gesicht seiner Schwester. Von Tränen ausgebrannt, waren die Augen nur noch schwarze Löcher. Eine Bewegung, und die Soldaten, das war klar, würden sofort schießen.
Elisabeth legte ihren Kopf auf seine Brust. Sie würde bald ein Kind gebären, über die Jahre auch zwei oder drei? Sie seufzte. Die kurzen, blonden Locken standen jäh ab vom Kopf, und er glättete sie mit seiner Hand, wie das jeder Mann an seiner Stelle getan hätte.

■

Wir wohnen seit einem Monat am andern Ende der Stadt. Unsere neue Nachbarin ist Musiklehrerin und hat krauses rotes Haar, und vor ein paar Tagen hat sie ein Kind bekommen mit krausem rotem Haar. Das Kind heißt Lola und schreit den ganzen Tag und die ganze Nacht. Draußen ist Winter. Ein Winterkind und ein Sonntagskind. Es hat geschneit, fünf Tage und fünf Nächte, dicke wirbelnde Flokken, und am Sonntag, als Lola zur Welt kam, hörte das Schneien auf und die Sonne kam und alles war schön und weiß. Lola hat gleich gelacht, sagt die neue Nachbarin und dann doch noch geschrien und gepinkelt, wie das alle Kinder tun, und die Nachbarin war müde und gar nicht glücklich über den roten Schopf ihres neuen Kindes. Ein rothaariges Kind, das Lola heißt, die sind nicht ganz bei Trost, sagt Vater, das kann ja nur schiefgehen, und was muß das Ding immer schreien. So sind, sagt Mutter, Kinder eben. Unsere auch. Unsere haben nicht dauernd geschrien, sagt Vater, nicht so viel. Das ist halt, sagt Vater, wenn die Kindsmutter nicht fürs Kind da ist, sondern arbeiten geht. Wenn eine Frau heutzutage noch arbeiten muß, stimmt etwas ganz und gar nicht. Bald ist Weihnachten. Die neue Nachbarin ist Flötenlehrerin. Ich gehe in die Flötenstunde. Vor Weihnachten spielen alle Flötenschüler der neuen Nachbarin im Altersheim Weihnachtslieder. Es ist ein trüber Tag, und die alten Leute klappern mit den Kaffeetassen. Sie freuen sich, sagt die Nachbarin. Aber ich weiß, daß sie nur aufs Essen warten. Sie drehen ihre trok-kenen Köpfe auf den dünnen Hälsen zur Tür, während wir schöne Lieder spielen, und noch bevor wir fertig sind, gehen die Türen auf, und Pflegerinnen rollen große metallene Wagen auf Gummirädern herein. Sie warten von morgens bis abends aufs Essen, sagt die Nachbarin, und nachts, wenn sie nicht schlafen können, warten sie auf den Morgen, auf das Frühstück. Die Alten hämmern mit ihren Löffeln auf die Teller. Flötenspiel vertreibt ihnen die lange Zeit, sagt die Flötenlehrerin. Wir bleiben zum Abendessen, und im Saal riecht es nach Haarspray und nach saurem Atem.

■

Nach der Hochzeitsreise begann das Einrichten. Sie kauften Möbel bei Möbel Pfister. Ein Doppelbett mit zwei separaten Matrazen, einen Kleiderschrank aus Nußbaumholz, einen Spiegel. Ein rotes Sofa, zwei Sessel, einen Nierentisch, ein Nußbaumholzbüffet, einen Nußbaumholzeßtisch, ausziehbar, mit vier Stühlen. Ein Bild mit einem Segelschiff in schwerer See. Simon Brock ging in die Fabrik, und Elisabeth Brock blieb zu Hause. Sie richtete die Wohnung ein. Sie kaufte Blumen und stellte sie in einer hohen Vase auf den Nierentisch, genau in die Mitte. Der Ahornweg war eine stille Straße am Rand der Stadt, am Rand eines Waldes, in dem das Kantonsspital lag. Die Mehrfamilienhäuser waren neu und extra gebaut für junge Familien. Drei Zimmer: ein Wohnzimmer, ein Elternschlafzimmer, ein Kinderzimmer. Elisabeth Brock stand am Fenster und winkte, bis ihr Mann in der Jägerstraße verschwunden war. Dann wusch sie das Geschirr vom Frühstück ab. Dann putzte sie die Wohnung, arrangierte da und dort etwas neu. Kinder. Sie wollte, wenn es der Herrgott gab, mehr als ein Kind, zwei oder sogar drei. Sie ging im Wohnzimmer auf und ab. Sah auf die Uhr. Spätestens um elf mußte sie mit Kochen beginnen. Züri Gschnätzletes. Rahmsauce. Am Nachmittag mußte sie auf jeden Fall einkaufen gehen. Im Schlafzimmer stellte sich Elisabeth seitwärts vor den Spiegel. Schob die Bluse etwas hoch und legte die Hände auf den Bauch. Neben ihrem Bauch, über dem Bett ihres Mannes, sah sie das Foto aus Versilia hängen. Schön gerahmt. Sie selber hatte es aus zwölf gleichen Bildern ausgesucht. Kein einziges war scharf gewesen, alle verwackelt und schräg. Einmal war ihr schlecht gewesen am Morgen, sie hatte sich in die Toilette übergeben. Nichts gesagt. Noch nicht. Es war erst drei Wochen her. Bäuerin hatte sie nicht werden wollen, auch nicht Müllersfrau. Überhaupt hatte sie einfach weg-

gewollt aus dem Dorf im Emmental. Vor den engen Tälern war sie geflohen. Vor Tante Hermine. Tante Hermine war der Teufel höchstpersönlich. Alle Türen aufgerissen und geschrieen, Mutter, Mutter, Mutter. Sie suchte ihre Mutter in der Dorfmühle über alle drei Stockwerke. Auf dem Schüttboden, zwischen den Schächten, den Seilen, den Treibriemen, die sirrend über eiserne Räder liefen. Elisabeth sah in alle Schränke, unter die Betten, fühlte mit beiden Händen im Korn nach ihrer Mutter, aber ihre Mutter blieb verschwunden. Statt dessen stand plötzlich Hermine in der Tür und grinste und sagte, deine Mutter ist ein Verdingkind. Deine Mutter ist mit nichts von der hinteren Rüeggseggalp heruntergekommen, mit nichts als Kuhdreck an den nackten Füßen. So eine ist das, deine Mutter, sagte Tante Hermine, da wundert einen gar nichts mehr. Elisabeth rannte weiter, rannte fort, Mutter, schrie sie, und die Treibriemen fauchten an ihrem Kopf vorbei, sie lief zur hinteren Mühle, raus zum Graben, und da sah sie ihre Mutter am Mühlbach stehen, ganz nah an der Kante, und ins dahinschießende Wasser starren, in die Schwärze, in der das Wasser unter der Mühle verschwand. Die Mutter hörte sie nicht, sah sie nicht, sie zitterte am ganzen Leib, ihre Haare waren naß, ihre Kleider. Mutter, schrie Elisabeth, das gilt nicht, Mutter, schrie sie, es gilt nicht.
Punkt viertel nach zwölf bog Simon Brock von der Jägerstraße in den Ahornweg. Elisabeth stand am Fenster und winkte.

■

Es ist Weihnachten. Ich spiele die Lieder vom Jesuskind für Vater und Mutter und Großmutter und die übriggebliebene Tante. Ich spiele sie vor dem Christbaum, vor den Kerzen, und die übriggebliebene Tante hört gar nicht zu, sondern tätschelt Lumpis Hundekopf und küßt mit ihrem Mund die Hundeschnauze. Vater sagt zur Tante, daß sie aufhören soll damit, sofort, pfui Teufel, und ich spiele, *Macht hoch die Tür, die Tore macht weit*, während die Tante ihren hasenschartigen Mund verzieht und zu heulen beginnt, und Lumpi beginnt auch zu heulen, und ich höre jetzt auf zu spielen, weil ich sowieso nur den Anfang von *Macht hoch die Tür, die Tore macht weit* kann. Es ist zum Kotzen mit euch, sagt Vater, sogar an Weihnachten. Da freut man sich. Mutter sagt, liebe Schatzeli, es ist Weihnachten, ja genau, Weihnachten, sagt Vater, genau, und ich könnte kotzen, sag' ich euch. Ich denke an die rothaarige Nachbarin mit dem rothaarigen Kind und wie sie oben Musik machen und vor dem Christbaum sitzen, und der Vater der rothaarigen Lola ist ein liebevoller Vater, ein sanfter Vater, und die Wohnung ist voller Bücher und Musikinstrumente und Kerzen. Die Nachbarin kauft auch im Reformhaus ein, aber ob sie Vegetarier sind, ist noch lange nicht bewiesen, weil die Nachbarin auch in der Migros einkauft und so was machen richtige Vegetarier nicht. Die Leute sind nicht konsequent, sagt Vater, dann sollen sie es lieber gleich lassen und nicht so tun als ob. Großmutter will gehen, noch vor den Geschenken, und jetzt bekommt Paul Angst, daß Großmutter die Geschenke wieder mitnimmt. Vater brüllt, sie sollten doch ihren ganzen Plunder wieder mitnehmen, aber Großmutter sagt, daß die Kinder ja schließlich nichts dafür könnten und alles käme von der Frau, von dieser Frau aus dem Emmental. Sie habe es ja kommen sehen, sagt sie, noch vor der Hochzeit habe sie es kommen sehen, aber auf sie höre ja niemand. Die Tante küßt wieder den Hund und der Hund küßt sie. Dann sind sie fort, und es ist plötzlich sehr still. Von oben kommen leise Klaviertöne. Und ich überlege, ob man mich gegen die rothaarige Lola tauschen könnte. Weil niemand ein rothaariges Kind haben wollen kann. Meine Füße sind eiskalt. Ich würde gerne wissen, wofür die Kinder nichts können.

■

Exakt neun Monate nach der Hochzeitsreise kam Paul Brock zur Welt. Das zornige Gesichtchen paßte nicht zu seiner leichten Geburt ins grelle Licht des Kreißsaals Nummer drei im Kantonsspital Schaffhausen. Elisabeth Brock hatte gerade Samen in die Blumenkästen auf dem Balkon gedrückt, als ein warmer Schwall Flüssigkeit zwischen ihren Beinen hervor- und an den Schenkeln herunterschoß. Sie wechselte Unterhosen und Strümpfe, zog sich eine Jacke an und begab sich zu Fuß ins nahe Kantonsspital. Als sie im Krankenhausbett lag, setzten die Wehen ein. Drei Stunden später war Paul geboren, und Simon Brock lag in einem andern Krankenhausbett und erholte sich von einer Ohnmacht, in die er, angesichts der Sauerei, die er sich hatte ansehen müssen, stante pede gesunken war.

Als Simon Brock endlich erwachte, hatte er Rückenschmerzen. Mörderische Rückenschmerzen, wie er sagte. Er bekam zwei Spritzen, sein Rücken wurde geröntgt und abgetastet; man fand weder Verletzung noch Krankheit. Er zwang sich, aufzustehen. Biß die Zähne zusammen und ging seine Frau besuchen. Er nahm seinen Sohn auf den Arm und wußte nicht, wie er das Bündel halten sollte. Du siehst, sagte Elisabeth Brock, gar nicht wie ein Vater aus. Sein Sohn Paul schrie und strampelte und ballte die Fäuste. So, schau, sagte seine Frau, den Kopf stützen, nirgends zu fest drücken, ein bißchen wiegen. Er kam sich blöd vor, er stand im Weg, trat zur Seite und stand schon wieder im Weg. Er gab das Kind zurück, legte es in die Arme seiner Frau. Draußen, vor dem Fenster, schoben Mütter in Morgenmänteln Kinderwagen über schmale Asphaltwege, dahinter lag der Wald. Die Gesichter der Frauen sahen müde aus. Jetzt ist aber Schluß mit dem Rauchen, sagte Elisabeth. Was? Er drehte sich um. Du riechst nach Rauch, sagte Elisabeth. Hinter dem Wald lag ein Feld. Und mitten durch das Feld führte die Autostraße zur Grenze. Zehn Kilometer vielleicht bis ins Deutsche. Simon Brock hatte vor zwei Monaten seine BMW verkauft. Die brauche ich jetzt nicht mehr, hatte er gesagt. Wozu ist man verheiratet, wenn jedes seiner Wege geht? Er dachte an die Landstraßen in Frankreich und England. Straße und Himmel und dahinter Wasser, irgendwann kam immer Wasser. Sein Gesicht spiegelte sich in der Scheibe, er strich sich das schwarze Haar zurück, und dann hörte er, wie die Tür ging und jemand hereinkam, seine Mutter und die Schwestern. Wie zu einer Beerdigung kamen sie, schwarz angezogen und mit himmeltraurigen Gesichtern. Die Schwestern setzten sich sofort auf zwei Stühle und begannen zu zittern, während die Mutter ihr erstes Enkelkind aus Elisabeths Armen riß.

■

Es gibt Leute, sagt mein Bruder Paul, die schlucken Waldschnecken gegen den Ärger. Das glaub' ich nicht, sage ich. Doch, sagt Paul, rote, schleimige Waldschnekken. Lebendig müssen sie sein. Das ist gut gegen Magengeschwüre. Wenn man sich zuviel ärgert, bekommt man ein Magengeschwür, das ist bewiesen.

Was ist ein Magengeschwür? frage ich. Ein Loch im Magen, sagt mein Bruder. Da fällt dir das ganze Birchermus aus dem Magen raus direkt in den Bauch hinunter. Und der Tee, die Sojabohnen. Du lügst, sage ich. Das ist eine Krankheit für Vater, sagt mein Bruder. Wenn die Schnekken dann in der Magensäure liegen, sagt mein Bruder, drücken sie vor lauter Angst und bevor sie sterben all ihren Schleim raus. Und der Schleim verklebt das Loch. So einfach.

Ein Frosch liegt auf dem Weg zur Schule. Mitten auf dem Trampelpfad durch die Wiesen hinter unserem Haus. Der tote Frosch liegt auf dem Rücken. Ich schleiche mich an. Sein Bauch ist ein Ballon, gedunsen, als wolle er gleich platzen, und ich warte jeden Tag, daß er platzt. Wenn ich vor dem Kadaver stehe, hebe ich einen Fuß und setze ihn behutsam auf den Froschbauch, drücke sanft, bis ein Laut kommt, und es ist, als sei der Frosch zum Leben erwacht und schnarrt, wo Frösche doch sonst nur quaken, aber der hier schnarrt abscheulich und mir schlägt das Herz im Kopf. Ich laufe, laufe zum Schulhof und der Schulhof ist leer. Zu spät, ich bin zu spät, schon wieder, muß durch die schweigende Klasse gehen. Auf dem Weg von der Tür zu meinem Platz fällt mir ein, daß mein Kleid gestrickt ist, daß meine Kniesocken gestrickt sind. Mir fällt ein, daß alle andern Rundhosen tragen oder Jeans mit Schlag.

Nur Antonia ist noch schlimmer als ich. Sie ist Italienerin, sie stinkt, sagen die andern. Sie sitzt vor mir, und ich ziehe an ihren langen, schwarzen Haaren und sage *Tsching-*

gemoore. Sie tut so, als höre sie nichts, dann ziehe ich ein bißchen fester und sage nochmal *Tschinggemoore*, diesmal lauter. Antonia dreht sich nicht um, aber ich sehe an den zuckenden Schultern, daß sie heult. Die andern kichern, und einen Moment lang haben sie mein Strickkleid vergessen.
Auf dem Heimweg komme ich wieder beim Frosch vorbei, obwohl ich einen anderen Weg habe nehmen wollen. Ameisen krabbeln über meinen Schuh. Der Froschbauch wird dicker und dicker, bis er eines Tages platzt, wenn die Sonne heiß brennt und kein Lüftchen über den Bauch geht.

■

Sie machte ihm Umschläge mit heißen Kartoffeln. Das hatte sie irgendwo gelesen, heiße Kartoffeln zögen die Schmerzen aus dem Rücken. Nach der Kartoffelkur war Simon Brocks Rücken verbrannt. Von oben bis unten wölbten sich Blasen, die Haut platzte unter dem Druck des Brandwassers. Er lag zwei Wochen auf dem Bauch mit nichts als einer Gaze auf dem offenen Rücken. Er fror. Er hatte Fieber. Elisabeth Brock pflegte ihn, sie versorgte seine Wunden. Er konnte sich selber nicht helfen. Das Kind im Nebenzimmer schrie, schrie. Simon Brock lag auf dem Bauch, und wenn er nicht schlief, hob er den Kopf etwas und sah aus dem Fenster. Er sah durch das feine Gitter der Gardine in eine Wohnung im Nachbarhaus. Nur abends bei Licht konnte er sehen, was drinnen vor sich ging. Eine Frau empfing jemanden, empfing eine andere Frau. Freundinnen, hätte man meinen können. Aber sie begrüßten sich wie ein Paar. Das Licht in der andern

Wohnung war gedämpft, warm, ein Tisch stand direkt am Fenster, Blumen darauf. Sie setzten sich, hielten sich an den Händen. Betrat Elisabeth Brock das Zimmer, sank er zurück in die Kissen. Manchmal kam sie herein und zeigte ihm Paul, setzte sich auf das Bett und stillte ihn. Simon Brock schloß die Augen. Sie strich ihm übers Haar, während Paul trank und schmatzte und dann einschlief, wenn er satt war.
Simon Brock war wieder zu Hause an der Rosenstraße; das Reihenhäuschen ist klein, die Schwestern wohnen zusammen in einem Zimmer, er schläft an Vaters Statt im Ehebett. Über seinem Bett hängt eine Fotografie der Mutter, ein Brustbild aus jungen Jahren. Aus der Zeit, als sie Zimmermädchen in einem Hotel in Cannes war. Aus der Zeit, als sie ihren Mann kennenlernte. Das Haar getürmt über der schönen Stirn. Große Augen tief in den Höhlen, hohe Wangenknochen, leicht aufgeworfene Lippen in einem halben Lächeln. Hinter ihr eine künstliche Landschaft am Mittelmeer, Zypressen. Die Mutter sieht aus wie eine vornehme Dame. Die Dielen knarren unter seinen Schritten, hin und her, hin und her. Die Mutter liegt im Bett, er hört ihren schnellen Atem, er geht hin und her. Sein schlechtes Gewissen, weil er sich beinahe freut über den Tod des Bruders. Im Zimmer ist es kalt, Kleider liegen ordentlich über den Stuhllehnen, die Vorhänge sind zugezogen. Darunter steht ein Fenster offen. Er reibt sich die Hände. Wie die Mutter sich in die Lippen beißt, sieht er im schwachen Schein der Nachttischlampe. Wie sie sich hin und her wirft, als sei sie gefesselt. Über dem Bett der Mutter hängt nicht das Bild ihres Mannes, sondern ein Foto von ihr und Theo. Er, den Arm um die Schultern der Mutter gelegt, auf dem Kopf sein läppi-

sches Käppi, ein Grinsen im Gesicht, eine Fratze, vom Blitzlicht gebannt, für immer.
Wenn Simon Brock nachts den faltigen Körper der Mutter im Arm hält. Die Hände vergraben unter den warmen Lappen ihrer Brüste. Der Geruch nach überreifem Camembert. Eisblumen blühen an den Scheiben im Spalt, den der Vorhang gerade noch freiläßt. Zucken im Schlaf. Er träumt davon, sich anzufassen. Am Morgen ist die Ritze zwischen den Betten ein Abgrund. Die Mutter lächelt, wenn ihr Blick beim Anziehen wie zufällig auf Theo über ihrem Bett fällt. Dann kommt die Erinnerung.
Simon Brock erwachte von einem heftigen Schmerz. Seine Frau löste vorsichtig die Gaze von der verbrannten Haut. Es war nach Mitternacht. Ob das denn sein müsse, ob das wirklich sein müsse? fauchte er. Es ist schon fast verheilt, sagte seine Frau leise, nicht mehr lang. Sie küßte ihn auf die Stirn. Das Kind Paul schlief neben ihm auf dem Platz seiner Frau. Es lag auf dem Rücken mit geballten Fäusten, mit verkniffenem Gesichtchen, als müsse es sich schon jetzt gegen böse Träume wehren. Er hätte gerne in den Schlaf zurückgefunden, aus dem ihn der Schmerz gerissen hatte. Aber jetzt plötzlich mußte er an die Fabrik denken, an den feuchten, kalten Lötraum, an die unfertigen Gefäße, die sich auf seiner Werkbank reihten. Die rohen Silbergefäße, wie von Rauhreif mit einer pelzigen, weißen Schicht getrockneten Lötwassers überzogen. Er rechnete die Jahre aus, die er noch in der Fabrik verbringen würde, an seiner Werkbank, im Rücken die Kollegen. Er schloß die Augen und öffnete sie wieder. Wenn er sich selbständig machen würde? Wie sein Bruder Edgar. Als Goldschmied. Aber sein Bruder Edgar hatte keine Kinder, der konnte sich sowas natürlich leisten.

Risiken, Unsicherheit. Simon Brock zog es vor, zu tun, was von ihm verlangt wurde. Man sollte ihm sagen, so und so, und er würde es ausführen, perfekt. Das war, was er konnte, Dinge perfekt ausführen. Einmal, kurz nach der Lehrzeit, kam der Meister zu ihm und trug ihm auf, für einen privaten Kunden ein Drehkästchen für Zigaretten zu konstruieren. Er sollte die Pläne selbständig zeichnen, nach seinen eigenen Vorstellungen. Er sollte Muster erfinden. Es war, als stoße man Simon Brock über eine Felskante in einen furchtbaren Abgrund. Er hatte eine Woche lang schlaflose Nächte, und zu Beginn der folgenden Woche ging er zum Meister und teilte ihm mit, er fertige nur Gegenstände nach genauen Plänen an. Etwas anderes könne und wolle er nicht, sonst müsse er kündigen.
Du mußt, sagte seine Frau zu ihm, jetzt schlafen.

■

Das neue Schulhaus ist modern und ganz aus Beton. Die Tür zu meinem Klassenzimmer ist gelb. Auch die Stockwerke haben verschiedene Farben. Meine Klasse ist im blauen Stockwerk, im gelben Zimmer. Das Schulhaus steht am Rand der Stadt auf einem kleinen Hügel, nahe dem Wald. Von unserem Zimmer aus sieht man in die andere Richtung. Nigelnagelneue Wohnblocks und weiter unten die Autobahn, die nach Deutschland führt. Müssen wir unser Kind in ein Schulhaus aus Beton schicken? fragt Vater die Schulbehörde. Heutzutage, wo jeder weiß, wie feucht Wände aus Beton sind, nie durchgetrocknet, außerdem elektrostatisch.
Die Lehrer schütteln den Kopf, wenn ich an ihnen vorbeigehe.

Sie schütteln den Kopf über meinen Vater, aber mein Vater ist nicht hier.
Der Hauptlehrer hat drei Huskyhunde, die er immer mit in die Schule nimmt und die jedesmal knurren, wenn jemand an ihnen vorbei zur Wandtafel geht. Die Wandtafel ist ein großes schwarzes Loch.
In der neuen Schule riecht die Luft nach Farbe. Ich finde die Wege nicht, ich habe die Wege von andern Schulhäusern im Kopf. Ich verwechsle das Deutschzimmer mit dem Mathematikzimmer.
Gelb, blau, rot, grün. Für jedes Fach ein anderes Zimmer. Das kann doch nicht so schwer sein, sagt der Lehrer. Heute ist meine Klasse gelb. Ich orientiere mich an der Aussicht: Wohnblock oder Autobahn. Ich traue den Farben nicht. Ich traue meinem Kopf nicht und denke, was ich gelb sehe, ist in Wirklichkeit grün. Die Flure sind Tunnel, niedrig und dunkel. An manchen Wänden stehen Dinge wie *the who* oder *scorpions.* Ich weiß nicht, wie man die fremden Wörter ausspricht.
Du solltest deine Zimmer jetzt langsam kennen, Ida, sagt der Lehrer mit den Hunden. Die Hunde liegen und klappen treuherzig mit den Schwänzen auf grünes Linoleum. Als wüßten sie, wer ich bin. Aber so viele Gesichter können Hunde sich bestimmt nicht merken, denke ich. Ich traue den Hunden nicht. Es ist kalt im Schulzimmer, das Fenster steht weit offen, obwohl es draußen regnet.
Am ersten Schultag sagt der Huskylehrer, ich sei Ida Brock, und ich muß aufstehen. Nur der Platz neben Manuela ist frei. Manuela ist fett, aber sie trägt Hosen mit Schlag. Wenn ich mich umdrehe, sehe ich T-Shirts mit grellen, glitzernden Aufdrucken über den Brüsten: *the who, scorpions, kiss.* Ich kenne diese Namen nicht. Was

ist das? frage ich. Die andern stecken die Köpfe zusammen. Manuela kaut Pfefferminzkaugummi. Möchtest du einen? fragt sie mich. Sie hat schon Brüste, doppelt so große Brüste wie meine Mutter. Nach dem Turnen in der Dusche lache ich mit den andern über Manuelas Brüste. Aber das Lachen dreht sich im Kreis. Vorne so flach wie hinten, ein Brett, ein Schachbrett. Dünn und nackt. Das bin ich. Ich schaue an mir hinunter. Meine Knie sind Knubbel. Manuela lacht jetzt mit den andern. Daß einem mit dreizehn Jahren schon Brüste wachsen müssen, habe ich nicht gewußt. Manuela lacht laut, sie ruft nach Peter. Und Peter kommt. Peter und alle andern Jungs drängen sich an der Tür. Die Mädchen haben sich ein Handtuch genommen, nur ich stehe noch nackt. Sie kreischen, und plötzlich steht der Lehrer neben mir, legt seinen dicken behaarten Arm um meine Schulter, verdeckt mit seinem Körper meine Nacktheit. Der Lehrer riecht nach Pfeifentabak. Ich höre die Hunde bellen. An der Decke brennt Neonlicht. Ich friere. Unter meinen Füßen ist Beton. Grauer Beton, gelber Beton, grüner. Oben ist Beton und auf allen Seiten. Der Lehrer streicht mir übers Haar. Beton ist kein Holz, sagt Vater, Holz ist natürlich, leitet Wärme, schützt vor Nässe. Da faßt man sich an den Kopf, sagt Vater, nach dem, was man heutzutage weiß.
Daß ihr in eure Kabinen kommt, sagt der Lehrer, los, wird's bald!

■

Die Feuchtigkeit kroch ihm in die Füße, durch die Fußgelenke in die Waden und weiter. Simon Brock stand in der Lötkammer und stellte sich vor, wie ihm die Kälte tief ins

Fleisch biß, Fetzen verschlang, sich vorwärtsfraß. Schlimm war das. In der einen Hand hielt er den Lötkolben, aus dessen Spitze die Flamme schoß. In der andern Hand eine Kanne, Serie Windsor. Die Deckelscharniere wollte er anlöten. Die Lötkammer hatte keine Fenster. Zwanzig Kannen, Serie Windsor, standen vor ihm, und zwanzig Deckelscharniere lagen daneben. Eine einzige Kanne, Serie Windsor, kostete dreitausendvierhundert Franken. Simon Brock verdiente in einem ganzen Monat nicht mehr als zweitausend Franken. Die Lötkammer war ein Verlies, eine Strafe, ohne daß man sich etwas hatte zuschulden kommen lassen. Über dem Arbeitsplatz brannte ein helles Licht. Konnte er denn etwas dafür? Von draußen drang kein Laut. Die Flamme fauchte leise und gleichmäßig. Niemand konnte so löten wie Simon Brock: ohne Luftblasen, dicht, stabil. Man ließ ihn die meisten Stücke löten. Der Schweiß tropfte ihm von der Stirn, im Kopf die Eiszeit seiner Füße. Er lötete zehn Scharniere, dann war Abend. Von der Dunkelheit der Lötkammer in die Dunkelheit der Nacht. Zu Hause legte er die Füße aufs Sofa, seine Frau brachte ihm Decke und Wärmflasche. Seit die Haut an seinem Rücken verheilt war, hatte er Verstopfung. Verstört saß er nachts auf dem Abort und versuchte, den Kot aus seinem Körper zu drücken. Zuerst probierte er es gütig, massierte seine Bauchdecke, lehnte sich vor und zurück in Erwartung der Peristaltik, die seinem Darm helfen sollte, den verfluchten Dreck aus dem Körper zu pressen. Wenn das nicht half, kam die Wut, das Bedürfnis, seinem Körper die Entleerung aufzuzwingen, zur Not mit den Händen die Scheiße aus dem Darm zu klauben. Nach einem stundenlangen Kampf stand er auf, ohne auch nur einen winzigen Köttel losgeworden zu sein. Er legte sich wieder ins Bett, schwer atmend und hellwach, drehte sich da- und dorthin, bis das erste Licht zwischen den Lamellen der Jalousie hindurch ins Zimmer drang. Sechs Uhr. Elisabeth Brock machte Kaffee und schmierte ihm zwei Brote. Sie stand in einem langen, geblümten Nachthemd in der Küche. Mit fahrigen Händen ordnete sie ihr vom Schlaf zerwühltes Haar. Hast du gut geschlafen, Schatzeli? Als ob sie nichts bemerkt hätte. Sie fragte ihn jeden Morgen, ob er gut geschlafen habe. Sie machte sich lustig über ihn. Natürlich hatte er sie geweckt, mitten in der Nacht mit dem Gepolter seiner Wut, aber sie hatte es schon wieder vergessen. Er war eifersüchtig auf ihren Schlaf. Und auf den Schlaf des Kindes Paul, das, seit es die Nächte durchschlief, von keinem Lärm der Welt erwachte. Sie saßen zusammen am Frühstückstisch. Elisabeth Brock kratzte sich unter der Brust. Sie hob die Brust an und kratzte sich darunter. Die ganze Zeit. Er sagte, hör auf. Was? fragte sie. Er mußte den Bus um viertel vor sieben erwischen. Zwei Minuten bis zur Bushaltestelle. Draußen ging der Föhn, der Säntis war zu sehen.

■

Morgen früh, sagt der Huskylehrer, treffen wir uns um halb acht vor dem Schulhaus. Schulreise. Wir gehen dann zusammen zum Bahnhof und fahren mit dem Zug nach Zürich. Von Zürich nach Meilen. Von Meilen zu Fuß auf den Pfannenstiel. Wer in Geografie aufgepaßt hat, weiß, wo der Pfannenstiel liegt. Nehmt Würste mit, Brot, eine Decke – und etwas Warmes zum Anziehen nicht vergessen.

Wir fahren im *Goldküsten Expreß* den Zürichsee entlang. Wenn wir auf der andern Seite des Sees ins Glarnerland fahren, sagt Vater, dort drüben, seht ihr, das ist die Goldküste. Dort wohnen die Bonzen. Niemand von uns ist je dort drüben gewesen. Mein Bruder Paul kennt sich aus mit Lokomotiven. *Mirage*, sagt er. *RABDe 12/12.* Goldküste, weil man kleine Goldklümpchen zwischen den Kieseln am Ufer finden kann, so stelle ich mir das vor, wie die Nuggets, die verwegene Männer in Alaska aus dem Schutt der Bäche und Flüße sieben. Ein warmer Frühlingstag. Im Föhnwind flattern Segel. An- und abschwellende orangefarbene Lichter auf Landzungen warnen vor Sturm, Föhnsturm. Beunruhigend ist das Bild in meinem Naturkundebuch: ein Haus, lichterloh brennend, eine Familie, Kinder, die in heller Aufregung aus der weit geöffneten Tür drängen, ein Kind lehnt sich aus dem Fenster im ersten Stock, die Arme weit auseinandergeworfen, der Mund ist ein schwarzes Loch. Die Feuerwehr biegt eben um die Ecke, im letzten Moment. Darunter steht: *Föhnbrand.* Es ist mir nie ganz klargeworden, wie der Föhn die Häuser ansteckt, der Föhn ist doch nur ein Wetter, ein trockener Wind. In Vaters Kopf sitzt der Föhn und will ihn sprengen, sagt Vater, das Herz hämmert das Blut in den Kopf, alles auf einmal, das ist der verfluchte Föhn, sagt Vater, und dann hängt der Tag an einem dünnen Faden, sagt Mutter. Der Föhn läßt die Menschen ihre eigenen Häuser anstecken, er macht sie unachtsam, unberechenbar, gefährlich.
Vom Pfannenstiel aus sieht man bis weit in die Glarner Alpen. Seht, auf dem Vrenelis Gärtli liegt schon neuer Schnee, sagt der Huskylehrer, einen Feldstecher im Gesicht. Aber man sieht es auch mit bloßem Auge. Die Hun-

de streunen im Wald. Der Lehrer hat seine Frau mitgebracht. Paßt auf mit dem Feuer, sagt die Frau. Dem Wetter, sagt sie, ist in diesem Jahr einfach nicht zu trauen.
Alle sitzen um das Feuer. Auf die zugespitzten Stecken einen Cervelat gespießt, in die Enden ein Kreuz geschnitten, daß sich die vier Spitzen in der Hitze lustig nach außen wölben. Der Lehrer hat einen Arm um die Schultern der Frau gelegt. Kühe stehen hinter ihnen und glotzen.
Hast du, fragt mich die Frau, deine Wurst vergessen? Der Lehrer stößt sie mit dem Ellenbogen in die Seite und grinst und sagt, hab' ich dir das nicht erzählt, die sind doch Vegetarier.
Käse, sage ich, schmeckt viel besser als Wurst. Außerdem ist in den Würsten der ganze Abfall der Metzgerei drin. Die kehren den Boden und mantschen den ganzen Dreck in die Würste rein, weil man's da nicht sieht. Und Knochen und Gehirn und Augen und Farbstoffe und Nitrat und Salmiak. Brauchst nicht so zu schreien, sagt der Huskylehrer, wir sind doch nicht taub. Oben, am Himmel, fliegen Wolken vorbei. Zwischen meinen Zähnen knirscht Sand oder Asche vom Feuer. Sind Vegetarier Körnerpicker? fragt die dicke Manuela mit ernstem Gesicht. So was Ähnliches, sagt der Lehrer. Alle Fleischfresser, sage ich, haben Gesichter, die sind leblos und fad. Die Cervelats riechen nach Kadaver. Sie beißen in die Cervelats, wie gerne würde ich in einen Cervelat beißen. Ihr dürft nicht Messer in unsere Rücken stoßen, sagt Vater. Gemeuchelt von den eigenen Kindern. Wir sind hier und die andern dort, sagt Vater. Fleisch ist Dreck und Zucker ist Dreck. Da kann man gleich richtigen Dreck fressen, sagt Mutter, das sieht ja ein Blinder, wie die andern immer krank sind.

Dahinter die Berge, das Vrenelis Gärtli, der Tödi. Unter dem weißen Schnee Eisschichten, die niemals schmelzen werden.
Alle schauen mich an. Ich schwimme hinter Glas im fauligen Wasser eines Aquariums, sehe seltsam vergrößerte Augen, verzerrte Münder, von unterdrücktem Gelächter bebende Nasenflügel.

■

Noch fünfhundert Meter bis zum Gipfel. Simon Brock trug Paul auf dem Rücken. Im Appenzellischen. Sie hatten seit Stunden nicht mehr gesprochen. Es war fast Mittag. Er und Elisabeth waren jetzt seit drei Jahren verheiratet. Fünfhundert Meter vor dem Gipfel fing Simon Brock an zu schwanken. Er rief etwas, aber niemand verstand, was er rief. Er hatte Mühe, sich auf den Beinen zu halten, ruderte mit den Armen, Paul schrie. Elisabeth Brock schrie. Als sie bei ihm war, sah sie, daß er keine Luft mehr bekam. Leute waren aus dem Bergrestaurant gekommen und standen um sie herum, einer meinte dies, einer meinte das.
Seit zwei Jahren wollten sie ein zweites Kind haben und danach ein drittes. Ein Mädchen wünschten sie sich beide.
Das war wie ein Eisenring um die Brust, jemand der zuzog, langsam und stetig. Er spürte noch die Sonne auf dem Gesicht, die laue Luft, von der so viel da war, die er aber nicht mehr einatmen konnte. Er hatte Angst vor dem Sterben und gleichzeitig vor dem Weiterleben. Simon, rief jemand von weitem, Simon! *Simoo*, so hatte schon einmal jemand seinen Namen ausgesprochen. Lange

her. Schwindlig war ihm, als hätte er zuviel Wein getrunken, und etwas roch verbrannt, verdammt nochmal, roch das denn niemand? Dann sah er den Himmel dunkler werden, und dann wußte er nichts mehr, und als er aufwachte, lag er zwischen weißen Laken in einem großen Bett, in einem großen Raum. Er hörte Gemurmel, sah verschwommen Gestalten. Was machst du denn für Sachen, sagte eine Frauenstimme, in der er, nach einigem Überlegen, die seiner Frau erkannte. Langsam erinnerte er sich. Zum Glück, sagte Elisabeth Brock, war ein Arzt im Bergrestaurant. Du hast schlimmes Asthma, sagte sie.

■

Du gehst, sagt Vater, nicht mehr zu denen. Warum, frage ich. Darum, sagt Vater. Weil die hinterm Rücken über uns reden. Flötenstunden kann man auch woanders nehmen. Ich will aber Flöte spielen nur bei der rothaarigen Nachbarin lernen.
Vater sagt, unsere Wohnung ist feucht, wahrscheinlich müssen wir sowieso bald umziehen. Im Schlafzimmer, hinter dem Bett, blüht der Schimmel.
Mutter geht zur Nachbarin und sagt, daß ich nicht mehr Flöte spielen will. Und daß man ja ein Kind nicht zwingen könne, sagt sie. Vater zerrt die Betten an die Frühlingssonne. Warum, fragt die Nachbarin. Darum, sagt Mutter, weil sie nicht mehr will. Es tue ihr auch leid, sagt Mutter, aber man könne eben nicht in die Kinder hineinschauen. Manchmal habe ich auf die rothaarige Lola aufgepaßt. Ich bin aus- und eingegangen bei den Nachbarn. Das ist jetzt vorbei, sagt Vater, verleumden lassen wir uns nicht. Die fragen dich aus, sagt Mutter, das merkst du gar nicht.

Scheißfreundlich vorneherum, aber hintenherum. Die müssen nicht meinen, sagt Vater und wäscht mit Seife und Bürste und Wasser den Schimmel von den Wänden. Das ist der Beton, sagt er, und weil die oben nicht richtig lüften. Wir haben den Schweiß von denen in den Wänden, man glaubt gar nicht, was ein Mensch nachts so aus dem Körper schwitzt. Warme Tage mit kühlen Abenden, das ist Gift für jedes Mauerwerk, und wenn die oben nie lüften, dann setzt sich der Schweiß von Nächten und Nächten in den Boden, was gleichzeitig unsere Decke ist. Da wandert die Feuchtigkeit bettwärts, da kann man an zehn Fingern abzählen, sagt Vater, was passiert. Mit der Zeit. Die Sporen füttern in der Lunge den Krebs. Da kann man ein Leben lang nicht rauchen und dann so was. Der Frühlingsföhn macht ihm zu schaffen, sagt Mutter. Sie kennt alle Entschuldigungen auswendig.

Wenn ich die Nachbarin auf der Treppe höre, will ich ihr nicht begegnen. Ich mache die Tür leise zu, warte, bis sie vorbeigegangen ist. Manchmal sehe ich ihr Haar am Fenster leuchten, sie winkt nicht, wie früher immer, sie steht nur hinter der Gardine und schaut. Das schlechte Gewissen frißt ein Loch in mein Hirn. Ich gehe nur noch mit gesenktem Kopf aus dem Haus. Vater sagt, er verstehe wirklich nicht, warum dieses Kind da oben immer schreien müsse, Tag und Nacht, es nehme ihn schon langsam wunder. Er legt mir die Hände an beide Wangen und sagt, die meinen, sie seien etwas Besseres. Seine Hände sind kalt. Mutter sagt, er meint es doch nur gut, wir haben ja uns, unsere Familie, da braucht man nicht zu Fremden rennen. Vater hört manchmal Tritte hinter sich und Stimmen von weither. Mutter schneidet Inserate aus der Zeitung aus. Viereinhalbzimmerwohnungen da und dort. Stapelt die Zeitungsfetzen auf der Kommode im Flur. Mein Bruder Paul sagt, er wolle nicht weg von hier. Ich will die rothaarige Nachbarin nicht mehr sehen müssen. Samstags schauen wir uns die zukünftigen Wohnungen an. Vater und Mutter gehen von Raum zu Raum. Ihre Schritte hallen in die Sätze, die sie sprechen. Der Vermieter steht an der Tür und sagt, was alle Mieter gerne hören wollen. Er sagt, die Wohnung sei ruhig und noch nie feucht gewesen und die Nachbarn seien nett. Aber Vater entdeckt überall Halsabschneiderei. Autolärm oder Namen auf den Türschildern, mit denen er nichts zu tun haben will.

■

Gegen jede Krankheit ist ein Kräutlein gewachsen, sagte Herr Hofer. Herr Hofer hatte das erste Reformhaus in der Stadt eröffnet. Er stand hinter dem Ladentisch und klingelte mit seiner neuen Kasse, und zwischen dem Klingeln und dem Reden sog er Luft durch die geschlossenen Lippen ein, mal rechts, mal links, und jedesmal entstand ein kurzes, pfeifendes Geräusch. Paul starrte fasziniert auf die Lippen des Mannes und versuchte, die Bewegung nachzumachen. Herr Hofer hob Paul auf seine Arme, sagte, na, du Pfüderi, mußt noch üben, während er pfiff und mit den Augen zwinkerte und zwankerte. Paul bekam eine Süßholzstange in die Hand gedrückt. Mit Asthma, sagte Herr Hofer, ist nicht zu spaßen, ich gebe ihnen einmal *Sonnseitig Leben* mit. Auf dem Titelblatt der Zeitschrift stand *Keine Angst vor dem Krebs* oder *Wie man das »unheilbare Asthma« heilt.* Elisabeth Brock war beeindruckt. Das war genau das Richtige, und so einfach, man mußte nur auf bestimmte Dinge verzichten, auf

Fleisch und auf Zucker zum Beispiel. Es standen Geschichten in dem Heft, traurige Geschichten von Ärzten, die schwerkranke Menschen falsch, ja, kreuzfalsch behandelten, und dann wurde von anderen Ärzten erzählt, von der Schulmedizin verleumdet und verfolgt, weil sie den Menschen wirklich helfen konnten. Sie las von Zivilisationskrankheiten, an denen achtzig, wenn nicht sogar neunzig Prozent der Bevölkerung starben, von Industriezucker, von einer höheren Zivilisationsstufe, die jene erreichten, die ihre Ernährung umstellten. Elisabeth Brock stand im Reformhaus und las, während ihr Sohn an der Süßholzstange herumkaute und Herr Hofer durch die Lippen pfiff. Sie kaufte ein paar von der Redaktion empfohlene Bücher, kaufte gleich noch Vollkornbrote und Honig und Vollkornreis und biologischen Salat und kaltgepreßtes Sonnenblumenöl. Bis an die Zähne bewaffnet mit gesunden Nahrungsmitteln machte sie sich auf den Heimweg und kochte schon zum Mittagessen ein vollwertiges Menü. In den Büchern war oft die Rede von Prinzipien und von Konsequenz. Von Heilungen, die wie Wunder anmuteten. Gesundheit sei der Schlüssel zu Glück und Zufriedenheit. Modern sei diese Ernährung, und modern wollte Elisabeth Brock auf jeden Fall sein. Ihr Mann wunderte sich über den braunen Reis, körnig zwischen den Zähnen. Der schmeckt doch, sagte seine Frau, viel besser, oder? Der Herr Müller, sagte sie, und legte ihm ein Buch mit giftgrünem Umschlag neben den Teller, hatte auch Asthma und ist jetzt geheilt. Durch vollwertige Ernährung. Das ist, sagte er, natürlich der allergrößte Blödsinn. Nein, sagte seine Frau, hier, lies nur, der Herr Müller hat zuerst auch gesagt, das sei Blödsinn und dann, hier lies doch, die Ärzte, mit dreißig Jahren sollte er

sterben. Simon Brock schüttelte den Kopf. Ein Todesurteil hatten die Ärzte ausgesprochen und Herr Müller dachte bei sich, denen allen werde ich es zeigen.
Abends begann Simon Brock zu lesen. Er las das giftgrüne Buch gleich von vorne bis hinten durch. Was Herr Müller da schrieb, fiel wie Regen auf einen sehr trockenen Boden. Nicht die in Aussicht gestellte Heilung seiner Beschwerden faszinierte ihn, es war, daß einer es den anderen zeigte.

■

Ich gehe mit Großmutters viertem Dackel in den Wald und sammle tote Käfer ein. Später bohre ich ihnen Stecknadeln durch den Rücken und befestige sie auf einem Karton. Die Nadel fährt mit einem knirschenden Geräusch in den Panzer. Großmutters Hunde hießen alle Lumpi. Und alle starben an der Verfettung irgendeines lebenswichtigen Organs. Ich spreche ein Gebet für die Käfer. Ihr Panzer schimmert noch in der Sonne, wenn sie schon tot sind. Vater sagt, Dackel sind degenerierte Tiere, gar keine richtigen Hunde, zu kurze Beine für alles mögliche, für nichts gut genug. Ich nehme Lumpi mit, weil ich nicht allein sein will im Wald. Ich spreche mit Lumpi und auch mit den Käfern. Ich probiere Widerreden, Lügen und Ehrlichkeiten.
Wir müssen uns jetzt, sage ich, fürs Klassenlager anmelden. Für das Skilager in Churwalden.
Vater schweigt.
Ich: Ich bekäme Skier von der Lena, von der Tochter unseres Lehrers. Die alten Skier.
Vater: Wir nehmen nichts von Fremden.

Ich: Er ist nicht fremd, er ist mein Lehrer.
Vater: Nein!
Ich: Was nein?
Vater: Nein! Kommt nicht in Frage.
Ich: Doch, ich will aber.
Vater: Keine Diskussion!
Ich: Warum?
Vater: Darum, weil man da nichts Rechtes zu essen bekommt und wir machen bei so was nicht mit.
Ich: Warum?
Vater: Man muß nicht überall dabei sein.
Ich: Ich bin nirgends dabei.
Vater: Bei uns.
Ich: Gopfertammi.
Lumpi keucht, das arme Tier kann doch nichts dafür, daß es so dick ist. Schokolade da, Kekschen dort. Man müßte ihnen verbieten, das Tier so zu mästen.
Die Flüche gefallen mir. Ich sage noch ganz andere Flüche zwischen den Bäumen. Ich sage es nochmal: *Gopfertammi.* Die Bäume nicken dazu. Das Wort schmeckt fremd auf der Zunge. Du sollst Gottes Namen nicht mißbrauchen. Schlimmere Flüche kenne ich nicht. Es ist wie jemandem einen Stein an den Kopf werfen. Ich schleudere das Wort in den Wald.
Lumpi legt sich jetzt alle paar Schritte hin. Seine Flanken beben, die Zunge hängt ihm ganz breit zwischen den Lefzen hervor. Ich nehme ihn an die Leine und ziehe ihn hinter mir her. Der stirbt einmal, sagt Vater, an einem Herzschlag mitten im Wald, so dick wie der ist. Und die Hitze. Ich spüre ein Knacken unter meinem Fuß. Ein Platzen. Ein Feuerkäfer. Klebt im Profil meiner Halbschuhe und ist rot, als hätte er Adern mit Blut, armer Käfer, zappelt

noch mit den Beinen, nicht einmal mein Gewicht hält dieser Panzer aus. Ich nehme ein Ästchen und kratze ihn aus der Rille. Die Beinchen zappeln wie verrückt in der Luft. Man kann ihn, denke ich, nicht leiden lassen. Da ist nichts mehr zu machen. Man muß auf den Weg schauen, nicht einfach drauflostrampeln. Jemand muß ihn totmachen. Ich nehme einen Stein und lasse ihn fallen, hebe ihn auf, lasse ihn fallen. Auf dem Stein ist ein roter Punkt und im roten Punkt stecken die schwarzen Beine wie Messerchen, kreuz und quer im Käferfleisch.

■

Simon Brock hatte vergessen, das Foto von Jean aus dem Portemonnaie zu nehmen. Man trägt Fotos der eigenen Frau, der Mutter oder der Kinder mit sich herum, aber keinesfalls das Foto von einem Jean. Simon Brock wußte das. Dieses Foto war viele Male gefaltet, ein Gitter gebrochener und abgesprungener Emulsion überzog das Bild. Als würde er durch ein winziges Fenster aus einem Verlies in die Landschaft mit Jean hinaussehen. Er brachte es einfach nicht fertig, das Foto wegzuwerfen, zu zerreißen und anschließend in den Müll zu werfen. Oder zu verbrennen. Verbrennen wäre vielleicht das Richtige.
Seit du Lehrlinge ausbildest, sagte Elisabeth Brock, bist du nicht mehr der gleiche.
Die Lehrlinge sahen alle aus wie Jean.
Die Lehrlinge waren faul, alle drei. Sie konnten nichts. Weniger als nichts. Sie standen in der Lötkammer mit hängenden Schultern, krummen Rücken, langen Haaren. Simon Brock zeigte ihnen, wie man das Deckelscharnier an eine Kanne lötet. Scharfer Geruch von Löt-

wasser in der Nase. Schweißtropfen auf der Stirn. Wenn die Flamme zu heiß ist, brennt man ein Loch ins Silber. Ist die Temperatur zu niedrig, hält die Lötnaht nicht. Dann brechen die Stücke auseinander, nicht sofort. Beim Einschenken in irgendeinem fürstlichen Wohnzimmer, bräche die Naht des Henkels. Die Firma müßte Schadenersatz leisten, die zerbrochenen Porzellanteetassen ersetzen, Schmerzensgeld für verbrühte Oberschenkel zahlen. Der Ruf des Hauses wäre geschädigt. Es ist heikel. Obwohl ihm am Ruf des Hauses nichts lag, machte Simon Brock nie einen Fehler. Er war gewissenhaft aus Gewohnheit. Etwas anderes kam nicht in Frage. Alle von andern versauten Stücke landeten auf seiner Werkbank. Die Lehrlinge standen im Halbkreis um ihn herum und schauten zu. Wer Silberschmied werden will, sagte er zu ihnen, trägt keine langen Haare. Sie gingen zum Vorarbeiter, zum Fehr, und beschwerten sich. Danach wurden die Haare noch länger, wurden zu Wolle auf den Köpfen der Lehrlinge.

Er zeigte ihnen, wieviel Lötwasser auf die Verbindung kommt, wie groß die Flamme zu sein hat, wie ruhig die Hand gehalten werden muß. Hob er den Blick, sah er hinterhältiges Grinsen auf gelangweilten Gesichtern. Später, wenn sie selber probieren sollten, machten sie alles falsch. Sie machten immer alles falsch. Sie steckten mit dem Fehr unter einer Decke. Er hatte die Lehrlinge nie haben wollen. Die Lehrlinge hatten rosazarte Hände. Sie paßten auf, daß sie kein Lötwasser auf die Finger bekamen. Sie paßten auf, daß sie sich nicht ins Fleisch schnitten.

Simon Brocks gefeilte Henkel aus Ebenholz sahen aus wie von einer Maschine gemacht. Während die Lehrlinge feilten, sah er ihre Muskeln arbeiten unter der Haut, unter den blonden Härchen. Er sah in ihre angestrengten Gesichter und trieb sie zu noch mehr Anstrengung an. Unter seinen Blicken wuchsen die Henkel der Lehrlinge krumm und schief. Er hätte heulen können. Sie bekamen Blasen an den Händen. Sie sollten sich tief ins Fleisch schneiden, er wollte, daß sie Wunden davontrügen. Schwarzes Holzmehl klebte ihnen unter den Fingernägeln, zwischen den Lidern. Er trieb sie weiter an, ließ kein gutes Haar an ihnen, bis sie nicht mehr konnten, bis sie wieder zum Fehr rannten. Sollten sie doch zum Fehr rennen, er wollte sie endgültig lossein. Er wollte nicht Tag für Tag in ihre jungen Gesichter blicken müssen, in ihre schönen Augen. Manchmal, wenn niemand zusah, führte er die Lötflamme nah an seine Haut am Arm, wo sie am empfindlichsten war, an die Innenseite des Unterarms. Er biß die Zähne zusammen. Die Hitze verbrannte ein Stück seiner Haut. Seine Frau wartete zu Hause auf ihr zweites Kind.

■

An Sonntagen gehen wir wandern. Jeden Sonntag. An schönen Sonntagen fahren wir in die Berge. An kalten oder regnerischen Sonntagen auf den Hohen Hengst. Wir wandern immer steil aufwärts. Wir nehmen nicht die breiten Wege, sondern die schmalsten, steilsten Wege. Wo Bahnen auf Berge fahren, laufen wir.
Vater trägt unsern Rucksack aus sandfarbenem Segeltuch. Der Rucksack allein, sagt Vater, ist schon schwer genug. Es regnet. Wir fahren mit dem Postauto nach Bargen. Appenzeller Sennenhunde hängen in Ketten am

Rand der Straße und kläffen uns entgegen. Meine Hand liegt in der Hand meiner Mutter. Die Höfe sind wie verlassen, in den Fenstern flackern blaue Feuer. Es stinkt nach Mist. Am Misthaufen, sagt Mutter, erkennt man, was ein guter Bauer ist. Manche Misthaufen sind wüste Berge, andere ordentlich geschichtet, mit geraden hohen Seiten, oben flach. So wie auf dem Misthaufen sieht es bei denen im Wohnzimmer aus, sagt Mutter.
Vater hat Rückenschmerzen. Er sagt, er kann nicht mehr. Trotzdem will er den Rucksack tragen. Hinter dem letzten Haus fängt schon der Hohe Hengst an. Es ist der Huf, einer von vieren, und wir nehmen den Schleichweg, den Geheimweg, eine Treppe aus weißem Kalkstein, steil. Weiter oben ein gewundener Pfad, rechts und links Büsche mit frischem Laub. Der Boden ist eine Rutschbahn. Wir halten uns aneinander und an dünnen Ästen fest. Vater geht voraus. Der sandfarbene Rücksack leuchtet im blättergrünen Dämmerlicht. Renn nicht so, ruft Mutter von hinten. Vater hört nichts. Erst oben, wo der Weg ins Flache geht, machen wir eine kurze Pause. Eine Teepause.
Die Hälfte des Berges liegt im Deutschen. Oben ist die Grenze. Vor der Grenze steht ein Häuschen. Ein Holzfällerhäuschen, das am Sonntag verlassen ist. Unser Wochenendhäuschen, sagt Mutter. Da wird man nicht gestört, vor allem bei Regen steigt kein Mensch auf den Hohen Hengst. Da sitzen alle im Wohnzimmer vor dem Fernseher, nur wir wandern. Daß man an die frische Luft kommt, sagt Vater. Das tut allen gut, sagt Vater. Nur Mutter hat Zweifel, man sieht es an ihren Augen, wenn sie auf den Boden schaut, auf ihre Schuhe, oder wenn sie plötzlich etwas ganz anderes sagt, etwas, das nicht im ent-

ferntesten mit Vaters Thema zu tun hat. Wenn Vater also sagt, *wir* sitzen eben nicht vor dem Fernseher am Sonntag, dann sagt Mutter, binde deinen Schnürsenkel, Ida, obwohl der Schnürsenkel tiptop gebunden unter meinem Hosenstoß verborgen ist. Und ich bücke mich und tue so, als bände ich den Schnürsenkel.

Wenn es richtig kalt ist und regnet wie heute, heizen wir im Holzfällerhäuschen den Ofen an. Sammeln Restholz und heizen ein, bis die rostige Eisenplatte glüht. Vater reibt sich die Hände über der Hitze, und sein Gesicht leuchtet rötlich im Schimmer der glühenden Eisenplatte, und er hält seine Hände über die Ofenhitze, bis wir alle denken, daß ihm das Fleisch gleich gebraten von den Knochen fallen muß. Mutter sagt, nimm die Hände weg!

Später am Tag kommen wir an einem Feld vorbei. Als klebe noch alter Schnee auf der dunklen Erde, so weiß macht der Kalkstein den Acker von weitem. Eine Milliarde Steine, sagt Paul, sind das. Aus der andern Richtung kommt ein Zöllner. Langer moosgrüner Mantel und Stock. Er sieht aus wie ein Schäfer ohne Herde. Der Hund trottet hinterher. Auf jeden der quadratischen Grenzsteine hat ein Fuchs geschissen.

Wir müssen unsere Ausweise zeigen. Es ist kein bißchen Sonne zu sehen. Vater sagt, hast du nichts Besseres zu tun. Er kennt den Grenzer nicht. Er duzt ihn. Früher, sagt Vater, da hast du noch in den Windeln gelegen, da haben wir hier schon Kartoffeln gesucht. Wollen hoffen, sagt Mutter, daß der Frühling bald kommt. Paul steht im Feld und sucht nach Fossilien. Er geht langsam, vornübergebeugt, hie und da nimmt er einen Stein in die Hand, läßt ihn wieder fallen. Es regnet. Er entfernt sich immer weiter von uns. Ich sehe meinen Bruder verschwinden. In den Wald hinein und fort. Er kennt den Weg. Wir sind ihn schon fünfhundertdreiundsiebzig Mal gegangen. Vielleicht auch öfter. Mutter schreit: Paul. Die Tannen flüstern PaulPaulPaulPaul.

Paul ist fünfzehn. Mein Bruder ist mutig. Er hat keine Angst vor dem Wald. Als wäre das nichts, ist er zwischen die Stämme geschlüpft. Schlimmer als alles, sagt Mutter, ist es, ein Kind zu verlieren. Vaters Hände sind wieder kalt.

Ich kann mir nicht vorstellen, daß mein Bruder nach Hause gehen will. Mutter ruft ununterbrochen PaulPaul, während wir durch den Wald rennen, Vater vorneweg, der Zöllner hinterher und ganz hinten, hinter Mutter, der alte Schäferhund.

Paul sitzt auf einer gefällten Tanne. Vater greift ihm ins Haar und schüttelt. Der Zöllner steht daneben und sagt nichts, dann geht er zurück zu seiner Grenze. Später kommen wir vom Weg ab. Das Postauto, sagt Mutter, wartet nicht! Vater schlägt wieder einen Schleichweg vor, eine Abkürzung. Es regnet. Vater sagt, wir treffen dann auf den alten Weg. Wir gehen eine ganze Weile, aber der alte Weg ist nirgens zu sehen. Statt dessen ist da plötzlich ein breiter Bach. Auch Vater kann sich an keinen Bach erinnern. Es nachtet. Ich halte die Hand meiner Mutter. Vater trägt den Rucksack, der leer schon schwer genug ist. Mutter sagt, Vater hat noch immer alles gefunden.

Der Weg macht Kurven, steigt und fällt. Es ist jetzt dunkel.

Aber Vater findet den Weg nicht. Mutter stolpert vor Müdigkeit bei jedem zweiten Schritt. Sie hält sich an Paul und an mir fest. Es ist eine mondlose Nacht. Es regnet.

Mutter sagt, gib zu, daß wir uns verlaufen haben. Vater schweigt. Vater geht wie eine Nähmaschine, gleichmäßige, kurze Stiche. Geht und geht. Du kannst nie etwas zugeben, sagt Mutter. Ich stelle mir vor, wie Vater zusammenbricht. Nichts mehr zu machen, wir schütteln die Köpfe, Rückgrat entzweigebrochen. Wir schütteln die Köpfe und nehmen ihm den sandfarbenen Rucksack vom Rücken. Wir tragen ihn glücklich über unbekannte Wege. Bis dann vielleicht der Mond aufgeht und der Regen aufhört. Bis wir dann gleich die Dorfstraße finden. Aus den Schatten ihrer Hütten kommen die Hunde angeschossen, fallen mit aller Wucht in ihre Ketten hinein, wieder und wieder, ihre Körper werden herumgeschleudert, zurückgerissen. Wir gehen vorbei.

■

Schicksal aus der Küche oder *Krank durch Zucker,* hießen die Bücher, die Simon Brock las. Er taumelte in diese Heilsgeschichten hinein wie ein Ertrinkender auf ein sumpfiges Ufer. Alles, alles konnte geheilt werden durch Verzicht und Disziplin. *Keine Angst vor dem Krebs – wenn ihr euch neuzeitlich und gesund ernährt.* Himmel und Hölle. Bibeln waren diese Bücher, mit exakter Anleitung zum Gesundsein. Viele Ausrufezeichen standen hinter den Sätzen. Vor Krebs hatte er zwar noch nie Angst gehabt, aber wenn er es sich recht überlegte … sein verstopfter Darm. Verstopfung sei der erste Schritt zum Krebs, stand da. Und sein Asthma komme von zuviel Schleim in Magen und Lunge, und der Schleim komme von Milch und Butter und Käse und Eiern. Von jenen Dingen also, die Simon Brock besonders gerne aß. In den Bü-

chern gab es richtig und falsch. Simon Brock las die Geschichten von Krankheit und Tod, von den Wundern der Heilung wie Kriminalromane. Beim Abendessen spuckte das Kind Paul das neue Brot weit über den Tisch. Spuckte und hustete. Das schmeckt doch, sagte Simon Brock, viel besser als dieser weiße Dreck.
Vor dem offenen Fenster stritten Elstern, krähten und hackten auf etwas herum. Wie neugeboren, sagte Simon Brock, fühle er sich. Wie ausgeschlüpft aus einem zu engen Ei. Da war plötzlich ein Gewusel und Gedränge in seinem Darm; er saß auf der Toilette, und die Exkremente flossen nur so aus ihm heraus, etwas zu dünn, wie es schien, aber das machte erstmal nichts. Er saß und entleerte die fauligen Rückstände seines Körpers endlich alle.

■

Mutter sagt, so was vererbt sich leicht. Sein Großvater mütterlicherseits sei Alkoholiker gewesen, und Alkohol ziehe an den Nerven, bis sie ganz dünn seien. Auch Verfolgungswahn kommt vor, sagt unsere Mutter. Er kann nichts dafür, sagt sie. Man muß Verständnis für ihn haben, und dafür hat er uns, seine Familie, wenn die andern keins haben. Mutter hat einen unerschöpflichen Vorrat an Verständnis für Vater. Schau, sagt sie, unser Vatteli raucht nicht und trinkt nicht, während andere Väter in der Beiz hocken und rauchen und das ganze Geld versaufen und zu Hause die Frauen schlagen. Unser Vater läßt seine Familie niemals allein, er sagt, daß man sonst nicht zu heiraten und Kinder in die Welt zu setzen brauche, wenn man keine Familie sein will und immer nur seinen eigenen Interessen nachgehen. Vater ist immer zu

Hause, wenn er nicht in der Fabrik ist. Und in die Fabrik muß er nun mal, weil sonst niemand das Geld für uns verdient. Und die Fabrik, sagt Mutter, ist für ihn das Allerschlimmste. Vater kämpft jeden Morgen mit sich und mit der Fabrik. Früher, sagt Mutter, habe Vater von einer eigenen Werkstatt geträumt. Er wäre eigentlich viel lieber Goldschmied geworden, wie sein Bruder Edgar. Der hat einen schönen Posten, sagt Vater, entwirft Schmuck, eine feste Anstellung, guter Verdienst, keine Kinder. Immer nur für sich schauen. Aber Vater sagt, er könne sich kein Risiko erlauben. Einfach so in den Tag hinein eine Werkstatt aufmachen, das ginge nicht, mit zwei Kindern, und daß Mutter arbeitet, will Vater nicht. Seine Frau brauche nicht zu arbeiten, das habe er sich geschworen, felsenfest stehe das. Aber jetzt macht er sich kaputt für die Bonzen und nicht für sich selber, und das wäre noch die Frage, sagt Mutter, ob es nicht besser wäre, sich für sich selber kaputtzumachen.
Sie schikanieren mich bei der Arbeit, und die Weiber, die Weiber stehen zusammen und zerreißen sich hinter meinem Rücken das Maul, nichts arbeiten, aber sich das Maul zerreissen. Ich habe genau gesehen, wie sie immer zu mir rübergeschaut haben und gegrinst, ja gegrinst, und schöntun, wenn einer von den Kollegen vorbeigeht zum Rauchen auf der Toilette, eine Sauerei, man sollte ihnen die Glimmstengel in den Hals stopfen.
Jaa, sagt Mutter. Sag doch was. Ich sage ja. Sag nur gleich, daß ich spinne, redest ja auch immer hintenherum, du. Das stimmt nicht. Mit den Kindern, hintenherum, läßt sie Dreck fressen, hintenherum, bist nicht besser als die andern. Vatteli, das ist nicht wahr. Lüg nicht, du. Ich lüge nicht. Ich mache mich kaputt in der Fabrik,

und du läßt sie Dreck fressen, die Kinder, hintenrum und meinst, ich merke nichts, genau wie die in der Fabrik, für dumm verkaufen.
Schau, liebe Schatzeli, ich hab' dir Bananen gebracht, bin extra nach Zürich gefahren mit dem Zug, weil sie bei uns keine hatten, Bananen, schöne gelbe.
Er redet im Traum, sagt Mutter. Er sagt, es tue ihm leid, aber was ihm leidtut, sagt er nicht.
Den Henkel spannt man in den Schraubstock. Das Holz muß ganz fest sitzen. Jeder Millimeter Spiel ruiniert den Henkel. Ecken und Kanten haben in Ebenholz nichts verloren. Unter die Backen des Schraubstocks kommen Filzlappen.
Manchmal bete ich für Vaters Tod. So was ist verboten zu beten.

■

Die Familie Brock wurde immer gesünder. Andere wurden zum Ende des Winters krank, Brocks blieben gesund. Das Kind Paul weinte, wenn es keine Täfeli bekam, keine Schokolade, so wie früher immer, und an heißen Tagen kein Eis. Manchmal wurden sie eingeladen von alten Freunden. Dann sagte Elisabeth Brock, wir nehmen aber nur Salat! Sie wiederholte es noch ein- oder zweimal, dachte sich nichts dabei. Die alten Freunde schüttelten den Kopf. Sie hatten sich Mühe gegeben. Auf ihren Tellern lagen saftige Steaks. Ein Gespräch kam nicht in Gang. Das Asthma ihres Mannes, erzählte Elisabeth Brock, sei wie weggeblasen, wie durch ein Wunder. Es sei aber kein Wunder; man müsse eben nur schauen, was man esse. Simon Brock stieß sie unter dem Tisch an. Sie solle bitte sofort schweigen, hieß das, es habe doch keinen Sinn, Leute wie *die* begriffen das nicht. Aber da war Elisabeth Brock ganz anderer Meinung. Die Leute wurden reihenweise krank, das sah ja ein Blinder. Und sie konnte ihnen helfen. Schweinefleisch, dozierte sie laut, sei ganz besonders gefährlich. Ihr Mann habe schlimme Verstopfung gehabt; ganze Nächte auf dem Abort und nichts, nichts sei gekommen. Und jetzt? Eine Verdauung wie aus dem Bilderbuch. Geheilt, alles geheilt, das Asthma, wie fortgeblasen, und vom weißem Zucker habe sie noch gar nicht geredet. Das befreundete Ehepaar aß Zitronensorbet zum Nachtisch. Sie waren still geworden, sie hatten aufgehört, die Köpfe zu schütteln, ab und zu wechselten sie einen Blick.

Man könne nicht genug auf die Gesundheit achten, sagte Elisabeth Brock in die Stille hinein. Sie verstehe einfach nicht, warum sich die Leute mit Dreck vollstopften, und die Kinder, die Leidtragenden seien dann die Kinder, deren Gesundheit schon im Säuglingsalter vollkommen ruiniert werde. Ihr Sohn Paul, der wolle nur noch vollwertige Nahrung essen und sei nie krank. Seit den Kinderkrankheiten nie mehr krank gewesen.

Wir essen auch nicht immer so drauflos, sagte die Freundin leise, nur weil ihr zu Besuch seid, dachten wir, wir kochen etwas ganz Besonderes. Ihr müßt entschuldigen, sagte sie. Simon Brock hob den Blick nicht vom Teller. Noch nie war er so sicher gewesen, das Recht, alles Recht der Welt, auf seiner Seite zu haben. Sie lebten richtig, und hier gab es nur richtig und falsch. Es war zweifellos richtig, den Körper nicht zu vergiften. Und es war richtig, auf schädliche Stoffe zu verzichten, den Gelüsten *nicht* nachzugeben. Er hatte vergessen, wie froh er um die Zigarette gewesen war, an jenem ersten Tag der Hochzeitsreise, den Blick auf dem Zürichsee, der weiße Dampfer im blauen Wasser des Sees, während seine Frau im Abteil saß und auf ihn wartete. Und er nicht wußte, wie er die Nächte mit ihr verbringen sollte. Er hatte seit Monaten Hunger. Der Salat füllte seinen Magen nicht. Auch nicht die Körner und die getrockneten Füchte, nicht das Yoghurt. Sein Darm war in ständigem Aufruhr, rumpelte und gurgelte. Er aß viel, und je mehr er aß, desto verzweifelter arbeitete sein Inneres. Und je schmerzhafter sein Gedärm sich krümmte, desto intensiver fühlte er seinen Körper gesunden. Er fand Gefallen am Verzicht. Am schönsten war es, wenn Bekannte ihnen, wie jetzt, Zitronensorbet anboten, etwas, das er früher gerne gegessen hatte, und er dann, nein danke, so was essen wir nicht, sagen konnte. *Das essen wir nicht.* Es war herrlich. Kein Zweifel, *Nichtessen* war edler als Essen. Danke, *wir* trinken *keinen* Wein. Das *wir* war wichtig. Es machte ihn irgendwie vollkommen. Aus ihm allein machte das wir viele. Kurz nach dem Dessert sagten Elisabeth und Simon Brock, sie müßten jetzt gehen, Paul schlafe zu Hause ganz allein, außerdem hätten sie einen langen Heimweg. Nach diesem Abend begann die Freundschaft zu kränkeln. Manchmal sahen sich die Frauen in der Kleinstadt auf dem Markt. Wenn Elisabeth Brock begann, die Vorzüge von biologischem Gemüse zu loben, verabschiedete sich die Freundin schnell. Elisabeth Brock sah hinter ihr her. Die Leute klagten über alles mögliche, Kopfschmerzen, Verdauungsprobleme, Wadenschmerzen. Und wenn sie ihnen helfen wollte, rannten sie davon.

■

Wir wohnen in einem neuen Haus, in einer neuen Straße, in einem neuen Quartier. In der neuen Schule wissen sie noch nichts von meinem Vater und laden mich zu Geburtstagsfeiern ein.
Die Straße nimmt mich mit, flieht hinter mir ins Dunkel zurück. Licht, Schatten, Schatten, Licht. Ein schneller Blick über die Schulter, ob mir jemand folgt? Nichts. Isabel hat mich eingeladen. Habe ich jetzt eine Freundin? Isabel hat Geburtstag, und ich bin zum Geburtstagsfest eingeladen. Ein Geschenk habe ich nicht. Leise die Tür hinter mir zugemacht. Aus dem Haus geschlichen.
Schaukelnde Straßenlaternen. Flackerndes Licht auf dem Asphalt, auf den Vorgärten. Föhnwind. Tagsüber würde man die Berge sehen. Bei Föhn hat Vater einen leichten Schlaf. Jede einzelne Treppenstufe hat unter meinen Füßen geknarrt. Isabel ist die Tochter eines Arztes, und in der kleinen Stadt weiß jeder, wo die Ärzte wohnen.
Ida du? Es ist spät, sie haben nicht mehr mit mir gerechnet. Komm herein! Ich werde umarmt, fröhlich, ausgelassen, Musik. Hier zu trinken, da zu essen, Wein, Bier. Ein riesiger Raum, saalartig, geschmückt mit grellfarbigen Papierschlangen, Matratzen auf dem Boden.
Sitzende, Liegende, Tanzende. Lampen mit rosa Tüchern verhängt, ein würziger Geruch liegt in der Luft. Willst einen Joint, fragt Isabel. Gelächter überall. Ich darf hier nicht sein. Niemand fragt nach meinem Vater. Ein Arm legt sich um meine Schulter, ein zweiter, ein Gesicht schmiegt sich an meinen Hals. Ein Körper an meinen Körper. Ich tanze. Gitarrenmusik, endlos. Alle kennen *Samba Pati*. Nur ich nicht. Ich sehe mich tanzen, steif, ich habe noch nie getanzt. Wie kommt es, daß ich diese Musik nicht kenne?

Ich liege in den Kissen, in der linken Hand halte ich eine Flasche Wein, in der rechten eine Zigarette, und plötzlich fällt mir ein, daß ich hier nicht sein darf. Hinter der Musik höre ich die Klingel. Geht nicht die Türklingel hinter der Musik? Ich springe auf, werfe die Zigarette fort und die Weinflasche, und plötzlich ist dieser Raum nur noch so groß wie unser Wohnzimmer. Und heiß, heiß ist es hier. Jemand sagt, spinnst du? Die Zigarette in die Kissen zu werfen. Das muß Vater sein. Kann ich mich hier nirgends verstecken? Ich rieche den Schweiß der andern. Schweiß, bei schlechter Ernährung, riecht sauer. Aber nein. Isabels Vater kommt herein. Isabels Arztvater hatte den Schlüssel vergessen. Sie tanzt jetzt mit ihm wie mit einem Liebhaber. Ich nehme mir neuen Wein, trinke, trinke. Vater eilt durch die dunklen Straßen. Hält ihn denn niemand auf? Vater sucht seine Tochter Ida, wie ein Hund riecht er, wohin sein eigen Fleisch und Blut gegangen ist. Aber ich habe falsche Fährten gelegt, habe mir fremdes Parfüm hinter die Ohren gesprüht. Vater läuft sich die Füße wund, läuft auf dem nackten Fleisch, auf dem Knochen, weiter durch die Straßen, Schmerz spürt er nicht, läuft und läuft, läuft sich die Beine ab und merkt es nicht. Ich schließe langsam die Augen, zum fünften Mal *Samba Pati,* ich bin zum Umfallen müde, tanze, und dann habe ich endlich vergessen, wo ich hingehöre.

■

Strich er ihr mit der Hand übers Gesicht, über die Wange, sagte sie, er habe kalte Hände. Lagen sie zusammen im Ehebett, Bauch an Rücken, die Beine verschränkt, sagte sie, er habe kalte Füße. Sie rieb ihm die Hände und strickte dicke Wollsocken. Das liegt, sagte er, am Kreislauf, und vor allem an der Lötkammer: unten kalter Betonboden, oben die Hitze der Flamme. Das ist Gift für den Kreislauf. Man muß sich mehr bewegen, sagte er. Simon Brock kaufte sich ein Fahrrad. Er fuhr nicht mehr mit dem Bus zur Arbeit, sondern mit dem neuen Fahrrad, ohne abzusteigen nahm er die Hügel. Und das war noch gar nichts. An den Samstagen, während seine Frau in der Stadt einkaufen ging, fuhr er in den Hegau, jeden Samstag auf einen andern Vulkanberg, auf den Hohenstoffel, auf den Hohenkrähen, auf den Hohenhöwen, auf den Hohentwiel. Und hatte er sie alle durch, begann er von vorne. Auf manche Berge führten keine Straßen. Er machte nie Pausen. Genoß keine Aussicht. Es wurde still um ihn. Alles, was er hörte, war die harte Brandung seines eigenen Blutes im linken Ohr. Er spürte die kalten Füße sogar beim Fahren. Besonders froh war er um Gegenwind, wenn sein Körper um jeden Meter kämpfen mußte. Er kämpfte, und wie. Das Kinn auf der Brust, die Zähne zusammengebissen, beide Hände zu Fäusten am Lenker. Asphalt und Grasnarben schoben sich unter ihm zurück, langsam, zäh, aber doch sichtbar. Und das machte ihn irgendwie froh. Ab und zu hob er den Blick, um nicht in den Straßengraben zu fahren. Autos überholten ihn. Jetzt vergaß er alles; auch, wo er einmal zu Hause gewesen war. Vor ihm der Horizont, die erloschenen Vulkanberge, er fuhr und fuhr. Auf die Horizonte konnte man sich verlassen. Seine Haare troffen. Auf jedem Vulkan fand er eine Ruine, manchmal nur eine Mauer. Stolze Burgen waren das einmal gewesen. Er aß nie etwas unterwegs. Hatte keinen Hunger, hatte keinen

Durst. Spürte nichts. Ein für alle Male spürte er keine Kälte mehr.

■

Mutter steht im geblümten Nachthemd am Herd und kratzt sich zwischen den Beinen. Wenn sie das Nachthemd losläßt, ist der Stoff feucht. Sie wartet, bis das Teewasser kocht. Niemand redet mit mir. Ich bin in eine fremde Familie gefallen. Mir ist schlecht, grauenhaft schlecht. Im Radio kommt Staubsaugerwerbung, auf dem Tisch stehen vier Schalen mit Kruschka, Yoghurt, Trauben und Dörrpflaumen. Vater zählt Kürbiskerne: fünfundzwanzig Stück gegen Prostatakrebs. Dann zählt er Sonnenblumenkerne: dreiunddreißig Stück gegen Gallensteine. Keiner redet mit mir. Sie weiß schon, warum, sagt Vater. Meine Kleider riechen nach Rauch und Parfüm, liegen über der Stuhllehne in meinem Zimmer und verpesten die ganze Wohnung. Paul sieht mich an. In seinen Augen lodert ein kleines Feuer. Mutter steht am Herd und kratzt sich zwischen den Beinen. Vaters Hände zittern beim Abzählen der Kerne, und Heintje singt im Radio *Mamaatschi*. Vater will nur das Beste für uns, für seine Familie. Und wir stechen ihm Messer in den Rükken. Vater ist dünn wie ein Spaghetti und wird immer noch dünner. Achtzig Prozent des Körpers bestehen aus Wasser. Vaters Körperwasser verschwindet wer weiß wohin. Seine Haut hängt in Falten an den Knochen. Sie bleibt, sagt Vater zu Mutter, die nächste Zeit zu Hause. Wollen sie schon lehren, zu diesem Pack zu laufen, hinterrücks. Mutter schaut mich an. Ihre Augen waren früher schön dunkelblau und haben mir Dinge zugeflü-

stert. Jetzt sind sie blaß und ganz leer. Ich darf nicht einmal zur Schule. Daß Mutter mich krank melden muß, ist das kleinere Übel.
Mutter muß mich bewachen. Bevor sie einkaufen geht, sperrt sie die Tür von außen zu. Vater hat eine Mauer um unser Haus gebaut. Kein Zutritt. Manchmal zittern seine Lippen, seine Hände. Manchmal, wenn er gerade die Gabel in den Salat stechen will, fällt er in ein Fieber. Erst zittert die Gabel, die Hand, der Arm, und dann schlottert der ganze Vater, und wenn er nicht mehr stärker schlottern kann, fangen die Hände des Vaters an, sich die Haare vom Kopf zu reißen. Es braucht keinen Tropfen, der das Faß zum Überlaufen bringt.
Am Abend kommt Isabel und will mir die Hausaufgaben bringen. Sie will mich besuchen. Vater sagt, daß wir mit einer solchen Brut nicht reden, und schlägt ihr die Tür vor der Nase zu. Isabel ist frech. Laut ruft sie durch die Tür, mein Vater sei ja nicht ganz dicht. So einer spinnt doch, sagt auch mein Onkel Edgar, aber nur, wenn Vater es nicht hören kann. Der Apfel fällt nicht weit vom Stamm, denkt er. Daß ich nichts dafür kann, würde ich jedem gerne sagen. Auf der rosaroten Lampe in meinem Zimmer fliegen Schwalben im Kreis. Aber draußen ist Winter. Nachts träume ich von einem Haus, das ohne Grund einstürzt. Und als ich genauer hinsehe, fließt Blut aus dem Haus, Ströme von Blut. Ich weiß nicht, wo die Krankenwagen bleiben. Keiner bemerkt, daß etwas geschieht. Es ist noch lange nicht Morgen, als ich aufwache. Ich ziehe mir probehalber eine Plastiktüte über den Kopf. Die Tüte ist vom Reformhaus. Innen riecht sie nach Fenchel. Bevor mir die Luft ausgehen kann, wird mir schlecht. Zum Glück. Es hätte sonst alles

nichts genutzt mit dem gesunden Essen. Wäre dann verlorene Liebesmüh gewesen.

■

Elisabeth Brock erwartete ihr zweites Kind. Erst zwei Kinder sind eine richtige Familie. Sie und ihr Mann wünschten sich ein Mädchen, und das Mädchen sollte Ida heißen. Seit Wochen hatte es nicht aufgehört zu regnen. Das Erdreich war bis tief hinab durchgeweicht, ein Frühling war das nicht, beim besten Willen nicht. Simon Brock hatte kein Asthma mehr, und sein Stuhlgang war normal, seit Jahren sogar etwas zu dünn. Seine Mutter wollte, daß ihr zweites Enkelkind ein Junge würde, darum bat sie den Herrgott, sagte sie, jeden Abend vor dem Essen. Obwohl es für Änderungen eigentlich schon zu spät war. Edgar und seine Frau Rösli hatten sich einen Wohnwagen gekauft und schrieben Postkarten aus allen Ecken Europas. Keine Kinder, nur dem eigenen Vergnügen hinterherrennen. Simon Brocks übriggebliebener Motorradkamerad Spieß fuhr mit neuen Kollegen nach Südfrankreich oder nach Italien. Auch er schrieb Karten, obwohl sie sonst nichts mehr miteinander zu tun hatten. Spieß wohnte drei Straßen weiter. Vor einiger Zeit hatte er sich eine neue Maschine gekauft, seine alte gegen eine BMW eingetauscht. Ab und zu stand sein Töff am Straßenrand, und glaubte er sich unbeobachtet, blieb Simon Brock auf dem Heimweg vor dem Motorrad stehen. Man kann sich nicht einfach gehenlassen, dachte er, man muß sich zusammennehmen. Und so wurden die Berge, auf die er mit seinem Velo fuhr, immer steiler, die Wege schmaler. Am Ende stieg er ab und rannte, trug das Fahrrad über Felsbrocken und Steintreppen, rannte und dachte, daß die Hände und die Füße doch endlich einmal warm werden müßten. Aber wenn er nach Hause kam, waren seine Hände eiskalt, die Füße mußten sofort in einen Eimer mit heißem Wasser, während aus den Haaren der Schweiß tropfte. Das Hemd aus Seide wrang Frau Brock über der Badewanne aus.

En Guete, sagte seine Frau vor dem Mittagessen und drückte ihm die Hand. Liebe Schatzeli, sagte sie. Sie war glücklich, das wußte er. Sie hatte sich, wie nichts sonst, ein zweites Kind gewünscht. Auf dem Teller lagen in Häufchen schön angeordnet verschiedene Salate. Orangefarbener Möhrensalat, grüner Salat, beige der Selleriesalat und tiefrote Bete. En Guete, sagte er, wunderbar sieht das aus, man ißt eben auch mit dem Auge. Simon Brock hatte aufgehört, sich zu fragen, was er eigentlich wollte. Was er wollte, war ein Leben, das nicht ging. Oder es war zu spät. Trinken zum Essen war verboten. Elisabeth Brock hätte ein leises Zittern seiner Hände bemerken können. Er hatte immer Hunger und immer Durst. Aber essen oder trinken zwischen den Mahlzeiten war verboten. Simon Brock war müde. Der Hunger grub ihm ein Loch in den Kopf. Es half nichts, daß er riesige Mengen Salat aß. Und Früchte. Dörrfrüchte und geschrotetes Getreide. Und Sojakeime, Weizenkeime. In seinem Bauch rumorte es. Er nahm es als gutes Zeichen.

■

Es wird hell und wieder dunkel. Ich kann die Tage nicht mehr voneinander unterscheiden. Vor dem Fenster sehe ich unsern Nachbarn im Garten arbeiten. Der Nachbar ist alt. Er bückt sich mühsam und gräbt die Stauden vom letzten Jahr aus dem Boden, wirft sie auf einen Haufen. Der Nachbar ist ein Feind. Nicht nur, weil er Pfeife raucht. Wenn er im Garten ist, muß Mutter das Fenster schließen. Der Rauch, sagt Vater, zieht schnurstracks in unsere Wohnung. Gibt es jemand, der es gut mit uns meint? Ich müßte fliehen. Ich kann nicht fliehen, wüßte nicht wohin, fliehen zu den Feinden?

Ida, ruft Mutter durch die Tür, Ida. Ich gebe keine Antwort, ich habe das Sprechen vergessen. Im Garten drüben stehen Kaninchenställe. Darin sitzt ein einziges, schwarz-weißes Kaninchen. Wenn jemand vorbeigeht, schlägt es mit dem Hinterlauf auf den Boden. Es hoppelt von einer Ecke des Stalles zur andern und schnuppert durch den Maschendraht nach draußen. Es will da fressen, wo es nicht hinkann. Das Kaninchen ist groß und dick und hat einen kurzen Schwanz, mit dem es bei jedem Hüpfer wackelt. Der Nachbar geht auf das Gatter zu, langsam, wacklig, mit dem Stock sticht er in den Boden. Das Kaninchen schießt im Kreis herum. Als der Nachbar am Stall steht, duckt sich das Tier in die hinterste Ecke. Der Nachbar macht das Türchen auf, faßt mit einer Hand tief ins Dunkel, nimmt das Kaninchen an den Ohren und zieht es ans Licht. Das Kaninchen schreit. Es schreit. Ich habe nicht gewußt, daß Kaninchen schreien können. Der Nachbar geht mit dem Kaninchen zu einem Tisch, nimmt aus der Schublade ein Gerät, hält es ihm an die Stirn, drückt ab. Es schlägt noch zweimal mit den Hinterläufen und ist dann tot. Die Frau des Nachbars kommt aus dem Haus. Sie nimmt das tote Kaninchen vom Tisch und hängt es an den Hinterläufen an einen Balken auf der Veranda. Dann schneidet der Nachbar dem toten Kaninchen in den

Hals und danach in den Bauch, und aus dem Bauch kommen saftig glänzende Haufen und viel Blut, und alles zusammen klatscht auf ein geblümtes Wachstuch. Ida, ruft Mutter von draußen. Die Nachbarin nimmt die blutigen Eingeweide mit der bloßen Hand und legt sie in einen Eimer.

■

Sie hatten für diese Herbstferien ein kleines Haus im Jura gemietet. Hinten Weide, vorne Weide. Die Bahnstation lag in einem tiefen Chrachen. Bollement. Neben einem rostigen Mühlrad, neben einem dunklen See. *Halt auf Verlangen.* Sie hatten zwei große Koffer dabei, und Simon Brock trug im Rucksack die Getreidemühle, zwölf Kilogramm schwer. Daneben acht Kilogramm Weizen, in kleine Jutesäcke verpackt. Es regnete. Elisabeth Brock trug in ihrem Bauch das neue Kind. Paul hatte schon beim Umsteigen in Basel geheult. Der Weg führte von der Bahnstation gleich in den Wald hinein und steil bergauf. Der Boden war aufgeweicht. Elisabeth Brock trug den leichteren Koffer, jemand mußte ja den zweiten Koffer tragen. An der anderen Hand zog sie Paul hinter sich her. Paul wollte nicht. Der Regen tropfte zwischen den Zweigen der Tannen hindurch. Paul heulte. Er solle nicht so ein Affentheater machen, sagte Simon Brock. Auch einmal ein bißchen die Zähne zusammenbeißen. Sie hätten ein Taxi nehmen können, von Bellelay aus, ganz bequem vors Haus fahren. Man wird wohl noch, hatte Simon Brock gesagt, das Stück zu Fuß gehen können. Was er denn sagen solle, mit zwanzig Kilo am Rücken und zehn im Koffer. Wenn er jetzt auch so ein Theater machen wür-

de ... Man biß die Zähne zusammen. Man durfte sich nichts durchgehen lassen. Ein Taxi verstank wie alle Autos die Luft. Man mußte konsequent sein. Nicht bei den geringsten Schwierigkeiten umkippen, jawohl. Wie sollte er sich auf die Geburt seines zweiten Kindes freuen? In diese Welt hinein. Es war wichtig, den Kindern wenigstens Gesundheit mitzugeben. Ein solides Fundament. Dann war da immer noch die dreckige Luft, der Lärm überall. Ein Wille gehörte dazu, sich nicht manipulieren zu lassen von der Welt. Frei sein. Er war frei. Simon Brock dachte, er sei frei. Wenn jemand frei war, zog das den Neid der andern auf sich. Es wurde hintenrum geredet, und jeder wartete nur darauf, daß man eine Schwäche zeigte. Eine ungeschützte Stelle irgendwo. Dann stachen sie zu. Gnadenlos. Das Kind Paul war seine schwache Stelle, und bald auch das Kind Ida. Kinder trieben sich überall herum. Man sollte sie festbinden können.
Auf halbem Weg spürte er plötzlich Wärme in den Händen. Unverhofft. Nein, nicht Wärme, Hitze. Als brenne sein Fleisch lichterloh, nachdem es Jahre wie Eis, wie abgestorben an seinen Handgelenken gehangen hatte. Seine Hände waren Werkzeuge, kalte, harte, starke Werkzeuge, die löteten, zupackten, Hämmer hielten. Er hatte vergessen, wann sie das letzte Mal zärtlich gewesen waren. Was, zum Teufel, hatte er sich unzählige Male vorgestellt? Seine Hände in den Achselhöhlen von Jean. Seine Hände an den unvorstellbaren Stellen eines andern Mannes. Und, wie immer, sah er gleichzeitig den Trottel Friedli durchs Dorf ziehen, hinter sich den Leiterwagen mit verbogenen Velorädern drauf, mit Topfdeckeln. Es klapperte und rumpelte schon von weitem, wenn der

Friedli kam. Die Mütter riefen ihre Kinder ins Haus und holten das rostige Metall aus dem Keller. Der Friedli war so einer, einer, dem Männer gefielen. Dem hatten sie in der Anstalt beide Eier abgeschnitten.

■

Draußen wird es nicht mehr richtig hell. Die Dämmerung bleibt stecken. Ich mache das Fenster auf und schaue, ob irgendwo jemand ist. Die Landschaft ist bis zum Horizont verbrannt. Gelb, orange, schwarz. Ich werde von einer Klapperschlange gebissen. Nirgends ist man sicher, nicht einmal im eigenen Zimmer. Leute sind da und schauen sich Sehenswürdigkeiten an. Die Schlange gehört einem alten Mann in Indianerkleidung. Weiches Leder umgibt den sehnigen Körper, Schmuck an den Fingern, um den Hals. Die Schlange gehört dem Mann, wie anderen ein Hund gehört. Der Mann setzt sich zu mir und fragt, wer ich sei. Ich weiß keine Antwort. Die Schlange spielt zwischen ihm und mir im Sand. Du darfst, sagt er, einer Schlange nie in die Augen sehen. Ich kann mich nicht erinnern, in der Schule etwas über Schlangen gelernt zu haben. Ich denke nach: auf keinen Fall plötzliche Bewegungen, keine Angst haben. Der Mann redet. Ich habe Angst. Ich sitze gerade und starr. Es ist heiß. Den kalten Schweiß auf meiner Haut, denke ich, muß die Schlange doch riechen.
Der Mann ist freundlich. Er redet über sein Leben, ich höre zu. Lange habe ihm niemand zugehört, sagt er, wegen der Schlange, daß ich keine Angst habe, freue ihn. Möglicherweise mache ich einen Fehler. Aus dem Augenwinkel sehe ich den Schlangenkopf langsam auf mei-

ne Hand zufahren. Der Mann sagt, Klapperschlangen klappern, bevor sie beißen, wie Hunde knurren. Als Warnung. Aber die Schlange klappert nicht. Ich spüre einen fast schmerzlosen Stich in meiner Hand. Noch immer ziehe ich sie nicht weg. Der Mann lacht. Er trägt einen Bart. Der Schmerz kommt später, sagt der Mann und lacht laut. Seine Haut ist wie Leder. Ich sage, sie hat mich gebissen. Ich weiß, sagt er, und ohne jede Hast zieht er ein Messer aus dem Gürtel und beginnt, meinen Handrücken in einem seltsamen Muster aufzuschneiden. Vier Schnitte quer. An beiden Enden ein Schnitt längs. Dazwischen schabt er die Haut. Es tut nicht weh. Es blutet nicht. Dann schneidet er der Schlange den Kopf ab und fragt mich, wo denn mein Blut geblieben sei. Ohne Blut, sagt er, kann ich dein Leben nicht retten.

■

Elisabeth Brock schwitzte. Sie dachte, ihr Kind müsse schwitzen in ihrem Bauch, sich um- und umdrehen vor lauter Anstrengung. Den Koffer in der einen, Paul an der andern Hand und mittendrin das neue Kind. Der Schweiß lief ihr zwischen den Brüsten, an den Seiten herunter. Dabei war es ein lausig kalter Herbst in diesem Jahr. Ein Wunder, daß es nicht schon schneite. Paul schrie und wollte nicht weiter, sie gab sich alle Mühe, zerrte ihn den Berg hinauf, suchte mit ihren eigenen Füßen trittfesten Boden. Sie konnte nicht anders, sie mußte weiter, ihrem Mann hinterher, der sich nicht umdrehte zu ihr, der stumm weiter und weiter ging. Wo hätte sie sonst hingehen sollen? Müllerstochter. Das Elisabeth, hatte Tante Hermine einmal zu ihrer Mutter gesagt, ist nicht das Hellste. Langsam im Kopf. Kein Wunder bei dieser Mutter, Verdingkind. Arm ist auch dumm, sagte Tante Hermine. Aber gutmütig. Mit gutmütigen Dummen kann man alles machen. Sie schlug Paul ins Gesicht, er solle nicht so ein Theater machen jetzt, komm, sagte sie, wir sind bald da. Paul hörte augenblicklich auf zu weinen, schluckte mit Gewalt die Tränen hinunter. Seine Mutter hatte ihn noch nie geschlagen. Sie hätte auf einem Taxi bestehen können. Nein, Schatzeli, hätte sie sagen können, ich will mit dem Taxi fahren. Aber im richtigen Moment vergaß sie immer die richtigen Worte.

Im Bauch war es still geworden; als ob die Ohrfeige ihrem neuen Kind gegolten und es sich nun wer weiß wohin zurückgezogen hätte. Plötzlich glitt ihr der Koffer aus der Hand. Er rutschte steil abwärts und fiel dann über einen Felsen in die Tiefe, drehte und drehte sich. Als hätte jemand mit einer großen Wut eine lächerlich kleine Wunde in den Waldboden geschlagen, lag der Koffer aufgeplatzt, Kleidungsstücke in allen Farben hingen im Braun des Waldes. Die Vögel hatten schon vorher geschwiegen.

■

Vor meinem Fenster hat sich ein Birkenblatt in Spinnenfäden verfangen. Es spindelt im Wind. Es zittert und flattert. Tut so, als ob es freikommen möchte. Steh auf, sagt Mutter frühmorgens zu mir. Ich sei leider immer noch krank, hat Mutter gestern am Telefon gesagt. Der Lehrer glaubt ihr. Wir frühstücken alle zusammen um sechs Uhr mit Vater, bevor er zur Arbeit muß. Ich möchte zur Schule, sage ich. Vater kaut und Mutter steht am Herd. Reich

mir bitte den Honig, liebe Schatzeli, sagt Vater. Es gibt dreierlei Honig, sagt Mutter, Lindenblüten- oder Akazien- oder Waldhonig? Ich bin jetzt eine Woche eingesperrt. Vielleicht auch zwei. Bald habe ich Geburtstag. Ich werde vierzehn Jahre alt. Schnee fliegt gegen die Scheibe. Der Wind treibt den Schnee quer. Willst du heute, fragt Mutter, nicht den Bus nehmen?
Das Birkenblatt ist fort. Die Spinnenfäden sind weiß und hängen zerrissen in der Aussicht. Meine Augen sehen kein Nachbarhaus mehr, keinen Wald dahinter. Nichts. Weißes Flimmern. Das kann doch nicht sein, denke ich, gestern noch standen Schneewolken am Himmel. Mein Fenster ist ein unbelichtetes Foto. Die Augen tun mir weh, ich möchte sie schließen. Es geht nicht. Ich möchte das Foto zerreißen. Es geht nicht. Ich warte. Nicht immer so ungeduldig sein, sagt Mutter, man muß warten können. Man muß auch einmal stillsitzen können, sagt Mutter. Ich sitze und warte. Ich weiß nicht, wann ich wieder zur Schule gehen darf. Ich verspreche: nie mehr werde ich zu einem Geburtstagsfest gehen. Keiner hört zu. Vielleicht wäre es gut, etwas zu schlafen.

■

Bald würde das Kind Ida zur Welt kommen. Sie wußten nicht, ob das Kind ein Mädchen war, aber sie hatten keinen andern Namen.
Simon Brock stand oben, an der Kante zur Schlucht, die sie am vorigen Tag hochgestiegen waren. Es regnete. Unten lag der Koffer. Aufgebrochen. Ihr erstes Kind hatte seine Mutter unehelich und tot geboren. Darüber war nie gesprochen worden. Das Kind hatte Otto geheißen wie

sein Vater. In Simon Brocks Körper war ein Wiesel gefangen. Ein Tier, das hin- und her rannte, voller Unruhe und steigender Panik. Es knabberte an den Nerven herum. Simon Brock starrte in die Schlucht. Würde es eigentlich in diesem Sommer nicht mehr aufhören zu regnen? Er hatte gar nicht gewußt, daß sie so viele rote Kleider besaßen. Mußte er jetzt da hinuntersteigen? Wozu? Man fragte nicht, wozu etwas gut war. Jetzt hinunter zur Bahnstation Bollement gehen, warten auf den nächsten Zug? Delémont-Basel-Hamburg. Lieber würde er sich umbringen. Delémont-Genf-Paris? Sich aufhängen am nächsten Baum. Der Tod wäre sein Paris. Warum hatte man keine Alternativen? Warum war man feige, wenn man, um zu leben, ganz andere Eigenschaften bräuchte? Seine Zukunft war längst vorbei. Er begann langsam, den Weg hinunterzugehen.

■

Ich bin kein Kind mehr, sage ich an der Grenze, ich bin viel älter, als ein Kind sein darf. Ich bin jemand, der fort muß, unbedingt, sofort. Lassen Sie mich auf die andere Seite, bitte. An der Wand hängt ein Plakat mit Fotos. Das sind Terroristen, sagt der Zöllner. Er gibt mir eine Tafel Schokolade und läßt mich ohne Paß ins fremde Land. Ich beeile mich. Bestimmt ruft er gleich an, wenn ich hinter der nächsten Ecke verschwunden bin. Es ist seine Pflicht anzurufen, wenn jemand ohne Papiere über die Grenze geht. Die Felder sind weiß, und habe ich erstmal Gottmadingen geschafft, bin ich bald am Meer. Dort gibt es Schiffe. Von weitem sehe ich eine Straße. Woher soll ich wissen, wo Norden ist? Im Wald liegt ein toter Fuchs im

Schnee. Er liegt eingerollt in einer Kuhle. Erst glaube ich, er schlafe nur, und streichle ihn. Aber dann sind meine Finger blutig und ich sehe das Loch in seinem Pelz. Füchse, die nicht weglaufen vor dem Menschen, sind entweder tot oder tollwütig, vielleicht auch beides, hat mein Großvater gesagt. Ich esse ein Stück Schokolade. Dann höre ich ein Knacken hinter mir und laufe, laufe, so schnell ich kann, aus dem Wald, über die Wiesen, zwischen dem Hohenhöwen und dem Hohenstoffel hindurch. Einmal kurz verschnaufen. Dabei störe ich einen Hasen. Hasen ducken sich, sagt Großvater, bis man fast auf sie drauftritt. Dort drüben liegt der Bauernhof, den ich von früher kenne, von Wanderungen. Betreten verboten, Maul- und Klauenseuche, ein Totenkopf ist neben die Schrift gemalt. Das Schild hängt an einem Baum. Auf dem Hof kehrt eine Frau Stroh zusammen. Sie sieht mich und winkt. Sie hat keine Hände, sie hält den Besenstiel mit Stummeln, ein Hund läuft auf mich zu, und dem fehlen alle Pfoten, er trabt staksig auf Knochenenden. Dann beginnt es zu schneien, so dicht, daß man die Hand vor den Augen nicht mehr sehen kann. Ich muß weg von hier, denke ich und beginne wieder zu laufen. Daß Mutter jetzt weint zu Hause, kann ich nicht ändern. Aus der Fremde werde ich eine Postkarte schicken. Ich sehe das Licht am Horizont, ein schmaler Streifen roten Himmels. Fort, fliehen. Schnecken essen. Durst. Ich habe Durst. Die Brunnen in den Dörfern sind alle trocken. Ich rede mit mir selber. Folge den Spuren von Tieren. Sie führen mich ins Dickicht, auf Hügel hinauf und wieder hinunter. Die Spuren führen an kein Ziel. Der Streifen am Horizont wird heller und der Himmel dunkler. Abend, denke ich. Jetzt müßte ich schon weit sein. Aber hinter der nächsten

Wegbiegung sitzt der Zöllner vor seinem Zollhaus und wartet auf Kunden. Er lächelt. Er hat das Gesicht meines Vaters.

■

Fünfeinhalb Stunden, bevor das Kind Ida zur Welt kam, nahm Simon Brock eine Silberkanne der Serie Windsor aus dem Schraubstock, und in der glatten, schön geschwungenen Bauchung waren Dellen. Nicht nur eine Delle, viele. Tiefe Dellen. In über sechzehn Jahren hatte Simon Brock hunderte und aberhunderte silberner Kannen mit wohldosiertem Zug in den Schraubstock gespannt, und in keiner einzigen war eine Delle zurückgeblieben.
Er sah auf die Uhr. Es war kurz vor halb sechs. Keine Zeit mehr, die Dellen herauszuhämmern, er würde es am Montag machen müssen, gleich Montag früh als erstes. Er hatte Hunger. Er aß zwei Kilo Trauben jeden Tag zum Abendessen, dazu Bananen, Äpfel, Birnen, und mehr aus Vernunft hörte er dann endlich auf, oder weil sein Bauch gedunsen war vom vielen Wasser der Früchte.
Der Hunger brannte in seinem Magen wie ein ewiges Licht, und je mehr Wasser er darauf schüttete, desto heller leuchtete es. Das konnte man nicht mehr essen nennen, das war ein Fressen, er wußte es selber. Eine Stunde lang, von sechs bis sieben, stopfte er alles in sich hinein, was auf dem Tisch stand. Seine Frau und Paul aßen selber kaum etwas, schauten ihm staunend zu. Und manchmal war ihm, als müsse seine Frau einen Brechreiz unterdrücken. Er achtete streng darauf, drei Stunden vor dem Schlafengehen nichts mehr zu essen. Früchte sind reich

an Ballaststoffen, und Ballaststoffe regen die Darmtätigkeit an. Noch während er aß, begann es in seinen Därmen zu rumoren. Es rumpelte und sprotzelte in Simon Brocks Innenwelt. Legte er die Hände auf den Bauch, spürte er ein Wimmeln und Klopfen und Pumpen, als würde er das ungeduldige Kind beherbergen und nicht seine Frau. Wenig später verließen dann ganze Ladungen Kot seinen Darm. Wenn nichts mehr kam, packte ihn die Angst, das sei jetzt wieder die Verstopfung. Nachts stand er mehr als einmal auf und setzte sich im Dunkeln auf die Schüssel. Er massierte sich den Bauch und preßte. Er stöhnte und jammerte, und morgens um vier bat er seine Frau, ihm einen Einlauf zu machen. Wo nichts mehr ist, sagte Elisabeth Brock, da kann auch nichts kommen. Er war bedeckt mit kaltem Schweiß, und wie ein Abhängiger bettelte und bat er, und Elisabeth Brock schüttelte den Kopf und rieb sich den Schlaf aus den Augen.

Ständig wurden ihm die Kleider zu groß. Jede Woche nähte seine Frau die Hosen enger.

Er konnte sich das nicht erklären; wie hatte er die Kanne nur so satt einspannen können? Sie war regelrecht zerdrückt. Er wollte sie nicht auf seiner Werkbank stehen lassen bis Montag. Schloß sie in seinen Spind und machte sich auf den Heimweg. Seine Frau stand nicht am Fenster wie sonst immer. Sonst nahm sie, wenn sie ihn kommen sah, die Gardine etwas zur Seite, je nach Wetter öffnete sie das Fenster, rieb sich die Hände trocken an der Schürze, winkte ihm zu. Er wunderte sich und trat härter in die Pedale.

Ein Nachbar stand im Garten und riß verdorrte Goldregenstauden aus der Erde. Simon Brock hätte schwören können, der Nachbar habe die gleichen Stauden schon eine Woche zuvor ausgerissen. Er hörte ihn lachen. Was hatte der zu lachen hinter seinem Rücken? Langsam drehte er sich um. Da war niemand. Nur ein Feuer brannte in der Mitte des Gartens, brannte ein Loch in den Schnee. Sechs Mal schlug die Glocke der Buchthaler Kirche.

Er stieg die Treppe hoch, das knarzende Geräusch der Holzstufen im Ohr. Die Wohnungstür stand sperrangelweit offen. Hallo Mueteli, rief er, hallo! Auf dem Tisch stand fertig das Abendbrot. Die gewaschenen Früchte, Yoghurt, ein Blumenstrauß daneben. Seine Frau saß zusammengekrümmt auf dem Sofa, atmete schwer. Die Wehen, natürlich, es war soweit. Er rief ausnahmsweise ein Taxi. Fünf Stunden später war das Kind Ida auf der Welt, lag zwischen einem Dutzend frischgeborener Kinder in einem weißgestrichenen Gitterbettchen. Simon Brock stand am Glasfenster und versuchte, seine Tochter Ida von den andern Kindern zu unterscheiden.

■

Wir warten auf Vater. Mutter hat einen Kuchen gebakken. Vierzehn Kerzen sind darauf. Es ist Freitagabend. Mutter drückt mir die Lippen auf die Stirn. Wir wollen, sagt sie, doch nur dein Bestes. Wir vier sind eine Familie, wir drei sitzen am Tisch, in der Mitte steht mein Geburtstagskuchen. Vater fehlt.

Auf dem Fenstersims liegt Schnee. So kalt wie heuer, sagt Mutter, ist es schon manchen Winter nicht mehr gewesen. Sie geht zum Fenster und schaut, ob Vater schon kommt. Liebevatteli ist zu spät heute, sagt sie, ausgerechnet heute. Die Wohnungstür ist abgeschlossen, Mutter trägt die Schlüssel in der Schürzentasche. Sie klimpern, wenn sie hin und her geht. Zum Fenster, in die Küche, wenn sie sich hinsetzt und wieder aufsteht. Noch nie ist Vater zu spät nach Hause gekommen, noch nie, sagt Mutter, es muß etwas passiert sein. Paul summt ein Lied und macht auf dem Tisch mit den Fingern ein Schlagzeug nach. Mutter sagt: hör auf! Einmal ist immer das erste Mal, sagt Paul. Paul ist fröhlich. Mutter macht das Fenster auf. Schnee wirbelt ins Wohnzimmer. Schmilzt auf der Heizung. Draußen steht der Nachbar an einem Feuer. Sein altes Gesicht flackert und lodert und grinst im Dunkeln. Er verbrennt trockene Goldregenstauden. Es ist kalt draußen. Vater findet den Weg nach Hause nicht mehr. Sein Fahrrad nimmt einen andern Weg. Mutter geht ins Schlafzimmer. Auf dem Bett liegen plötzlich Vaters Handschuhe, ordentlich daneben sein Schal, die Mütze. Mutter schreit. Mutter könnte schwören, daß die Sachen vor einer Stunde noch nicht dagelegen haben. Sie liegen da wie ein Gespenst. Meine Geburtstagstorte steht mitten auf dem Tisch. Paul zündet die Kerzen an. Ich habe keinen Hunger. Neben der Torte stehen Trauben, Bananen, Orangen, Äpfel, Birnen. Die Früchte sind überreif. Ich nehme Mutter den Schlüssel aus der Schürze. Daß Vater hereinkann, wenn er kommt. Mutter nickt. Aber ich weiß, daß Vater heute nicht mehr kommt. Und auch morgen nicht. Mutter will ihn suchen gehen. Sie hat die Sachen schon in eine Tüte gesteckt. Aber dann packt sie alles wieder aus und setzt sich hin. Draußen ist kein Mond. Über Vaters Bett hängt ein gerahmtes Foto. Von der Hochzeitsreise, sagt Mutter. Sie hat auf dem Foto kurzes Haar und sieht nicht aus, wie Mutter aussieht, eher wie ein Junge. Hinter ihr das Meer, neben ihr ein Leuchtturm. Mutter steht schräg und unscharf im Bild, als müßte sie sich gegen einen starken Wind wehren. Versilia, sagt Mutter, Küste rauf und Küste runter. Er hat etwas gesucht. Sie wüßte gerne, was er, verdammt nochmal, da gesucht habe, sagt Mutter. Mutter hat noch nie geflucht. Wie ein Tubeli sei sie ihm hinterhergerannt, Küste rauf und Küste runter. Mutters Hände kneten Vaters Handschuhe im Schoß.

Die Kerzen brennen Löcher in die Torte. Vater hat meinen Geburtstag vergessen, fährt auf dem Velo durch die Nacht.

Die Autorin dankt
dem KulturRaum Stadt und Kanton Schaffhausen,
der Akademie der Künste, Berlin,
sowie dem
Alfred-Döblin-Haus in Wewelsfleth
für die Unterstützung der Arbeit an diesem Buch.

Die Autorin und der Verlag danken dem
Kulturraum des Kantons Schaffhausen
und dem Migros Kulturprozent
herzlich für die finanzielle Unterstützung.

Umschlaggestaltung: Charlotte Löbner, Mainz
unter Verwendung einer privaten Fotografie.
Gesetzt aus der Candida
Satz: Fuldaer Verlagsagentur, Fulda
Druck und Bindung: Druckerei Pustet, Regensburg
Printed in Germany
ISBN 3-85842-575-3

»Ein intensiver Roman, dicht und von einer Musikalität wie bei Marguerite Duras.«

Marie Claire

Christine Orban
Das Schweigen der Liebhaber
Roman
Aus dem Französischen von Irmengard Gabler
208 Seiten · gebunden mit Schutzumschlag
sFr 34,– · € 17,90 (D)

Vom ersten Treffen an fühlen sich Idylle und Jean zueinander hingezogen. Stumm geben sie sich der Leidenschaft hin. Und die Stille bleibt – zu Idylles großem Kummer. Ihre Versuche, ihm Empfindungen, Wünsche, Pläne und Gedanken mitzuteilen, bleiben unbeantwortet. Jeans Sprache ist das Schweigen. Als sie die Hoffnung schon fast aufgegeben hat, dass Jean seine Gefühle äußert, übergibt ihr die Concierge einen Brief …

Mit bewundernswerter Sensibilität und sprachlicher Hingabe fasst Christine Orban die Kraft der Gefühle sowie die Verwicklungen der Liebe in Worte. So gerät der Roman über das Schweigen der Männer zu einer Liebeserklärung an die Sprache.